집시와 르네상스

인문 서가에 꽂힌 작가들

문학동네

Antonio Tabucchi
Gli Zingari e il Rinascimento

피렌체에서 집시로 살아가기

안토니오 타부키

문학동네 세계문학

문학동네 타부키 선집 5
박상진 옮김

일러두기

1 이 책은 다음의 원서를 완역한 것이다:
  Antonio Tabucchi, *Gli Zingari e il Rinascimento: Vivere da Rom a Firenze*,
  Milano: Edizioni Librerie Feltrinelli Editore, 1999.
2 본문의 주는 모두 옮긴이 주다.
3 원서에서 대문자 기사 제목은 고딕체로, 이탤릭체 인용 단락은
  세로줄을 넣어 표시했다.
4 국립국어원 외래어표기법을 존중하되, 몇몇은 관례를 따랐다.(예: 구치→구찌,
  스바로프스키→스와로브스키, 고섬→고담)
5 단행본이나 신문은 『 』, 기사나 논문은 「 」, 그림이나 노래 등은 〈 〉로 표시했다.

안토니오 타부키 선집을 펴내며

박상진

부산외국어대학교 이탈리아어과 교수

이탈리아 작가 안토니오 타부키Antonio Tabucchi(1943~2012)는 현대 작가들 중에서 단연 독특한 위치에 있다. 그의 창작법과 주제는 남다르다. 그의 글을 읽으면 우선 서술기법의 특이함에 매료된다. 그의 글에서는 대화를 따옴표로 묶어 돌출시키지 않고 문장 안에 섞는 경우가 많다. 그러나 잘 들린다. 물속에서 듣는 느낌, 옛날이야기를 듣는 느낌, 그러나 말의 날이 도사리고 있는 느낌이다. 그렇게 인물의 목소리는 화자의 서술 속으로 녹아들면서 내면 의식의 흐름으로 변환된다. 그러면서 그 내면 의식이 인물의 것인지 화자의 것인지 잘 구분되지 않는다. 마치 라이프니츠의 단자처럼, 외부가 없이 단일하면서 다양한 존재 방식으로 세계를 이해하려는 듯 보인다. 독자가 이러한 창작 방식을 장편으로 견디기는 쉽지 않다. 그래서인지 그의 글들은 대부분 짧다.

타부키는 콘래드, 헨리 제임스, 보르헤스, 가르시아 마르케스, 피란델로, 페소아와 같은 작가들의 영향을 받았다. 특히 피란델로와 페소아처럼 그의 인물들은 다중인격의 소유자로 나타나며, 그들이 받치는 텍스트는 수수께끼와 모호성의 꿈같은 분위기 속에서 자유연상의 메시지를 실어나른다. 또 지적인 탐사를 통해 이국적 장소를 여행하거나 정신적 이동을 하면서 단명短命한 현실을 창조한다. 이 단명한 현실은 부서진 꿈의 파편처럼, 조각난 거울 이미지처럼, 혹은 끊어진 필름의 잔영처럼 총체성을 불허하는 '지금 여기'의 현실을 반영한다. 텍스트 바깥에서든 안에서든 그는 머물지 않는다.

움베르토 에코를 비롯하여 세계적으로 알려진 생존하는 이탈리아 작가들이 사회와 정치에 대한 의식이 부족하다는 비판을 받는 것과 대조적으로 타부키는 이탈로 칼비노와 엘사 모란테, 알베르토 모라비아, 레오나르도 샤샤와 같이 사회와 역사, 정치에 거의 본능적으로 개입했던 바로 앞 세대 작가들의 노선을 이어받았다. 개성적인 상상의 세계를 독특하게 펼쳐내면서도 그 속에서 무게 있는 사회역사적 의식을 담아내는 데 성공한 것이다. 소설과 수필의 형식을 통해 상상의 세계를 그려내는 측면뿐만 아니라 사회 현실과 철학적 화두를 에세이 형식으로 펼쳐내는 존재론적, 실천적 문제 제기는 신랄하면서도 깊은 울림을 지닌다.

타부키의 텍스트는 탄탄하고 깔끔하다. 군더더기가 없다. 넘치지도 모자라지도 않는다. 의식은 텍스트에서 직접 표출되지 않는다. 그보다는 인물의 심리, 내적 동요, 열망, 의심, 억압, 꿈, 실존의식과 같은 것들의 묘사를 통해 떠오른다. 바로 그 점이 그의 텍스트를 열린 것으로 만들어준다. 그의 텍스트는 전후의 시간적, 논리적, 필연적 인과성을 결여한 채, 서로 분리되면서도 연결되는 구조로 되어 있다. 그래서 독자는 중간에 머물 수도 있고, 일부를 건너뛸 수도 있으며, 거꾸로 읽을 수도 있을 것이다. 작가는 독자가 자유롭게 읽을 수 있도록 배려를 아끼지 않는다. 그러나 독자에게 대답을 찾는 퍼즐을 제시하기보다는, 계속해서 물음을 떠올리고 스스로의 퍼즐을 만들어나가도록 한다. 타부키의 텍스트가 퍼즐로 이루어진 것은 맞지만 그 퍼즐은 또다른 퍼즐들을 생산하는 일종의 생산 장치이며 중간 기착지인 것이다. 그 퍼즐들을 갖고 씨름하면서 독자는 자기를 둘러싼 사회와 역사의 현실들, 그리고 그 현실들을 투영하는 자신의 내면 풍경들을 조망하게 된다.

타부키는 이탈리아에서 태어나 교육을 받았지만 평생 포르투갈을 사랑했고 포르투갈 여자를 아내로 삼았으며 포르투갈의 문화를 연구하고 소개했다. 피사 대학에서 포르투갈 문학을 전공했고 리스본의 이탈리아 대사관에서 일했으며 시에나 대학에서 포르투갈 문학을 가르쳤고 페르난두 페소아의 작품을 번역했다. 또 그의 작품들 상당수는 문학, 예술, 음식에 이르기까지 포르투갈의 흔적들로 채워져 있다. 포르투갈은 그에게 영혼의 장소, 정념의 장소, 제2의 조국이었다. 타부키는 거의 일생 동안 그 땅은 자신을 받아들였고 자신은 그 땅을 받아들였다고 고백한다. 그는 그의 깊숙한 곳에 자리한, 그도 그 깊숙이 자리하고 있는, 그러한 나라를 평생 기억하고 묘사한다.

포르투갈의 흔적은 타부키에 대해 비교문학적인 자세와 방법으로 접근할 것을 요구한다. 타부키 스스로가 대학에서 비교문학을 가르친 비교문학자였다. 비교는 경계를 넘나들면서 안과 밖을 연결하고 또한 구분하도록 해준다. 포르투갈에 대한 타부키의 관심은 은유적인 것에 그치지 않는다. 그는 포르투갈의 정체성을 탐사하면서 그로써 이탈리아의 맥락을

환기시킨다. 최종 목적지가 어느 한 곳은 아니지만, 타부키가 포르투갈을 이탈리아의 국가적, 지역적 정체성의 문제를 검토하는 무대로 사용한 것은 틀림없다. 또 그 자신이 서구인임에도 영어권을 하나의 중심으로 놓고 스스로를 주변인으로 인식하는가 하면, 포르투갈의 입장에 서서 유럽을 선망의 대상이자 극복의 대상으로 보기도 한다.

이번에 선보이는 '안토니오 타부키 선집'에 포함된 소설과 에세이는 주로 1990년대 전후에 발표된 것들이다. 이 시기는 타부키가 활발하게 활동한 기간이기도 하지만, 세계사적 차원에서 이념적, 경제적, 정치적으로 급격한 변화가 있었던 시대였고, 이탈리아도 예외는 아니었다. 그러나 타부키가 정작 관심을 둔 것은 현실 그 자체라기보다는, 그 현실이 개인의 내면과 맺는 관계와 양상이었다. 바로 이 때문에 그의 글은 독자로 하여금 깊은 울림을 체험하게 한다. 소설뿐만 아니라 에세이 형식으로 상상의 세계와 함께 이론적 논의를 풍성하게 쏟아낸 그의 글들 역시, 역사와 현실에 대한 지식인적 대결의 자유로우면서 진지한 면모를 보여준다.

'안토니오 타부키 선집'과 더불어 현대 이탈리아 문학의 한 단면이 지닌 정신적 깊이와 실천적 열정을 독자들 역시 확인할 수 있기를 바란다.

안토니오 타부키 선집을 펴내며

차례

메모

이 글은 '르포르타주'라기보다 차라리 '르포르타주의 르포르타주'라고 해야 할 것이다. 실제로 피렌체에 체류하는 동안 어떤 방식으로든 내가 안내하고 함께 다니던 어떤 사람이 일지에 그가 본 것을 쓰는 것을 보면서 나도 더불어 써나갔다. 그러니까 이 글은 현실을 관찰하는 어떤 사람을 관찰하면서 나온 일련의 메모에서 탄생했는데, 그 현실은 내가 이미 알고 있었지만 (또는 알고 있다고 생각했지만) 처음으로 다른 사람의 눈을 통해 바라보았기 때문에 다른 눈으로 바라보게 된 현실이었다.

이 년 전 『레트르 앵테르나시오날』[1]의 독일어판 편집부가 베를린의 세계문화원과 공동으로, 나와 다른 나라 몇몇 작가에게 프로젝트를 제안했는데, 이 세상에서 우리가 증언해야 할 가치가 있다고 생각하는 모든 현실에 대해 르포르타주를 써보자는 것이었다. 작년부터 이 잡지에 정기적으로 발표되고 있는 이 르포르타주들은, 2000년 '작가 열 명이 밀레니엄 끝의 현실을 관찰하다'라는 제목의 단행본으로 묶여 여러 언

---

1 *Lettre International*. '국제문학'이라는 뜻의 문화잡지로 여러 언어로 발행되었다. 1984년 프랑스어로 처음 간행되어, 1985년 이탈리아어판, 1986년 스페인어판, 1988년 독일어판이 창간되었다.

어로 발행될 예정이다.[2] 이는 오늘날 우리 세계의 작가 열 명이 일정한 시기의 역사 속에서 겪고 목격한 것에 대한 일종의 증언인 셈이다.

『레트르 앵테르나시오날』이 우리에게 부여한 절대적인 선택의 자유권 속에서 아주 다양한 르포르타주와 프로젝트가 탄생했다. 일부 종교적 근본주의에 대한 준수에서 화폐 흐름에 이르기까지, 인종 전쟁에서 생태적 재난들에 대한 분석 혹은 아직 오염되지 않은 천국들에 대한 묘사에 이르기까지, 장례식에 대한 기록에서 탄생의 축제에 대한 기록에 이르기까지, 소위 일부 '선진' 사회에서 기능하는 도시적 의례들에 관한 텍스트에서 소위 일부 '후진' 사회에서 기능하는 오래된 의례들에 관한 텍스트에 이르기까지 다양한 내용이 다루어졌다. 이 모든 르포르타주와 프로젝트는 인류학자들, 사회학자들, 철학자들의 도구를 쓰기보다는, 오로지 개별 작가를 특징짓는 글쓰기 코드와 르포르타주에서 요구되는 상대적 객관성을 서로 접목시키려고 애쓰면서 이뤄졌다.

내가 처음 제시한 르포르타주 계획은, 최소한 주제 면에서 최종적으로 택한 것과는 상당히 거리가 있음을 밝혀야겠다. 어쩌면 어린 시절의 꿈, 그러니까 여름밤에 할아버지와 함께 하늘에 있는 별들을 바라보며 나중에 크면 천문학자가 되리라 상상했던 꿈을 떠올리면서, 동시에 삶은 나를 인간의 높이에서 바라보도록 이끌었다는 사실을 의식하면서, 처음에 나는 '천문대들 관찰하기'라는 계획을 내놓았는지도 모른다. 평생을 바쳐 하늘을 관찰하는 (나를 매료시키는) 사람들을 관

2 『집시와 르네상스』초판은 1999년에 발행되었다.

찰하면서 곁눈질로 하늘을 관찰하는 것, 내게는 이 방식이 아주 잘 맞다. 그렇지만 이 계획을 실현하려면 아무리 적게 잡아도 세상에서 가장 중요한 천문대가 있는 먼 나라들을 최소 너덧 번은 여행해야 했다.

*

피렌체는 통속적인 도시. 이 통속성은, 열거하기 지겨울 정도로 시민 생활의 아주 다양한 순간과 상황에서 드러난다. 오늘날 행정 당국이 지닌 개개의 색깔을 넘어 도시 자체가 처해 있는 통탄할 만한 상황과는 대조적으로, 그저 사고파는 것으로 전락해버린 아름다움의 천박함에 이 통속성이 있는 것은 아니다. 또한 직업상 질서 있는 시민 교통을 유지해야 할 사람으로서 무심하게 전 시내 교통수단을 운전하고 있는 이들이 지닌, 거의 히스테리에 가까운 공격성에 있는 것도 아니다. 그렇다고 모두가 무관심한 가운데 믿을 만한 통계가 확인해주듯이, 유럽에서 가장 더럽고 시끄럽고 오염된 도시 중 하나가 해외에서는 마치 위조지폐처럼 르네상스의 완벽함이라는 이미지로 알려져 있다는 사실을 깨닫는 데 있는 것도 아니다. 이탈리아의 다른 어떤 곳보다 피렌체는, 현대 이탈리아의 머리 위에 떠도는 (아마 일부 유럽 나라들 위에 떠도는 것과 같은) 통속성을 마법처럼 응결시켜, 일종의 세계관을, 자신을 감싸는 일종의 외투를, 오만함과 불관용과 조잡함을 의미하는 놀라운 집단적 영혼을 만들어냈을 것이다. 즉 이탈리아처럼 가난했다가 갑자기 부자가 되었으나 사회적 유대감이 결여된 나라가 보여주는 태도의 전형으로서, 유럽 문명의 특징이자 그 문화가 지니고 있던 부르주아계급에서 나온 문화 행태다. 이러한 현상은 오래전에 파솔리니가 예견했던바, (보다 넓은 의미로 해석되는) 추함의 균질화를 향해 나아가는 끔찍한 인류학적 돌연변이가 역설적으로 아름다움을 대표하는 이 도시에서 가장 두드러지게 현현하고 있다.

분명히 또다른 피렌체가 있었고, 지금도 있다. 하지만 또다른 피렌체는 조금 전에 말한 외투 속에서 질식당한 채 있다가 '땅속'에 묻혀, 자기 자신의 집이었고 자기 자신의 역사였던 것, 그러니까 이탈리아 문명을 형성하며 중세에서 오늘날까지 우리 모두가 그 표상들을 잘 알고 있는 진정한 문화 속에서 이방인이 된 듯, 거의 비밀스러운 것으로 남아 있다.

*

피렌체에 속한 문제들은 어느 정도 편차는 있어도 당연히 다른 이탈리아 도시들에도 해당되는 문제다. 예를 들어 알레산드로 베리, 알레산드로 만초니, 『일 카페』 등[3] (사변적이고 이탈리아적인 것으로, 소박하지만 어쨌든 분명히 이탈리아에서는 중요한) 계몽주의가 득세한 롬바르디아 주도 밀라노에서는, 오늘날 자신들의 도시를 약탈한 갱스터들은 잊어버린 채 이민자 '멍청이'나 '군소 범죄자'를 잡을 올가미를 요구하는 광폭한 슬로건과 사악한 상징에다, 사냥개까지 데려온 공격적인 군중집회들을 볼 수 있다. '영원한 도시'에서는 돈의

---

3 모두 북부 이탈리아 롬바르디아 주도州都 밀라노를 대표하는 인물과 잡지로, 두 작가는 18~19세기 밀라노 출신의 소설가이며, 잡지는 1764년 밀라노에서 창간되어 두 해 동안 계몽주의 확산에 크게 이바지했다.

강물과 함께 희년의 순례자들이 사면받을 수 있도록 화려한 순례 코스들을 세우고 있는 반면,[4] 이민자들과 집시 아이들은, 내가 지금 신문에서 읽은 바에 따르면, 캄피돌리오[5]와 산피에트로 성당에서 멀지 않은 '환대' 수용소에서 동상에 걸려 죽어가면서 훨씬 더 신속히 사면받고 있는 상태다.

하지만 내가 무엇보다 잘 알고 있는 것은 피렌체의 현실이다. 일 년에 몇 달을 지내는 이곳 피렌체로, 피신한 집시들을 연구해야 하는 어떤 사람이 나를 만나러 왔을 때, 나는 안데스산맥이나 몬테로사[6]에 가지 않고도 다른 관찰자의 망원경을 통해 결국에는 자체의 경계선을 넘어가는 소우주를 관찰할 수 있다는 것을 깨달았다. 또한 다른 렌즈를 통해 내가 이미 알고 있다고 믿었던 현실을 보다 잘 이해할 수 있었다.

이 르포르타주는 『레트르 앵테르나시오날』의 독일어판 1998년 12월호에 발표된 「집시와 르네상스Die Roma und die Renaissance」 텍스트를 이탈리아어로 옮긴 것이다.

A.T.

피렌체, 1999년 2월

---

4 서기 2000년은 가톨릭교회에서 정한 대희년大禧年으로, '영원한 도시'인 로마를 순례하는 사람들이 일정한 조건을 충족할 경우 죄의 사면을 받을 수 있었다.
5 라틴어로는 카피톨리움 또는 카피톨리누스. 고대 로마의 토대가 된 일곱 언덕 중 하나로 이곳에 주요 신전들이 있었으나, 현재는 로마 시청이 자리하고 있다.
6 이탈리아와 스위스 접경 지역에 있는 알프스산맥의 고산지대. 이탈리아의 가장 중요한 기상관측소 중 하나가 이곳에 있다.

1
도착하는 류바

나는 류바를 1968년 리스본에서 알았다. 유대인 집안의 폴란드 출신으로, 그녀의 부모는 1943년 포르투갈에 왔는데, 나치 박해를 피해 리스본에서 미국으로 건너갈 생각이었다고 한다. 하지만 무슨 이유로 포르투갈에 남아 있었는지는 모르겠다. 1968년 류바는 특히 인류학에 관심이 있었음에도 문학부에 등록했다. 학생운동에 가담한 활동가였던 그녀는, 살라자르[7] 체제에 반대하는 지하신문의 기획자이기도 했다. 1969년 국립도서관에서 연구차 리스본에 다시 갔을 때, 부모가 돌아가셨다는 것과 그녀가 어느 미국 대학에서 장학금을 받았다는 것을 알았다. 이후로는 그녀의 흔적을 놓치고 말았다.

그후 서른 해가 지나 나는 그녀를 만나러 피렌체에 왔고, 류바는 파리발 기차를 타고 피렌체 산타마리아노벨라 역으로 오고 있다. 몬탈레의 류바와는 달리, 도착하는 류바다.[8] 그녀가 나를 찾아냈다. 미국 대학에서 소수민족에 대한 글을 출판하기 위해, 류바는 유럽 남부의 세 나라 포르투갈, 프랑

7 1932년부터 1968년까지 36년간 포르투갈을 통치한 독재자.
8 이탈리아 작가 에우제니오 몬탈레(1896~1981)의 『떠나는 류바에게』라는 짧막한 시에 빗댄 말.

스, 이탈리아에서의 유랑민(집시들)[9] 상황을 연구하는 중이다. 내가 피렌체에 정착한 집시들에 대해 관심을 갖고 있음을 분명히 신문에서 봤을 테고, 그래서 이 도시를 택해 자기 연구를 위한 안내를 나에게 부탁했을 것이다. 그 때문에 나는 여름날 이 아침 이곳에 와 있다. 날씨는 덥고, 역은 주로 미국과 일본 관광객들로 가득하고, 확성기에서 울리는 친절한 여자 목소리는 육십 초마다 로마발 밀라노행 유로스타 열차가 사십 분 연착되며 밀라노행 나폴리발 열차는 이십오 분 연착되어 운행한다고 반복하고 있다. 안내 방송은 전부 영어다.

2
환영해요, 류바

류바는 피렌체에 와본 적이 없다. 그녀에게 이 도시의 파노라마를 보여줘야겠다고 생각했다. 적합한 장소로 벨로스과르도 언덕[10]이 떠올랐다. 우리는 자동차로 로사이[11]의 울적한 그림들이 생각나는, 시골같이 아름답고 좁은 길을 따라 전망대를 향해 기어올라가고 있다. 높은 곳에 도착해 조그마한 교회를 지나자 호화로운 어느 호텔 입구가 보였고, 호텔 정원에 서자 절벽 위에서 도시가 바라다보인다. 호텔은 틀림없이 귀족 가문의 소유였을 옛 교외 별장으로 세워졌다. 표지판에 약

9 원서에 적힌 두 단어 'gitani/rom' 모두 집시를 가리키는 용어. 이외에도 이 책에서 모두 '집시'로 옮긴 다른 말로 'zingari, zigani, zingani' 등이 있는데, 타부키가 '유랑민 popolo nomade'으로 부르듯, 어떤 특정 민족을 지칭하기보다는 이탈리아 불법체류자들을 포괄적으로 일컫는다.
10 '아름다운 시선Bellosguardo'이라는 뜻이며, 피렌체 시내에서 약간 남서쪽에 있다.
11 Ottone Rosai(1895~1957). 주로 토스카나 풍경과 일상을 그린 피렌체 출신의 화가.

간 위협적인 말투로 정원 출입은 고객에게만 한정되어 있다고 적혀 있다. 그래도 우리는 들어간다. 호텔 바에서 아페리티프 한잔 마시려는 의도였는데, 도시 풍경을 즐기고 싶은 방문객에게 그것까지 금지하지는 않을 것 같았다. 빌라 입구에서, 그런 장소가 으레 그렇듯, 집사라기보다는 케르베로스[12] 같이 보이는 뚱뚱한 문지기가 결코 우호적이지 않은 어조로 뭘 원하느냐고 묻는다. 아페리티프 한잔을 마시고 싶다고, 외국에서 온 여인에게 호텔에서 즐길 수 있는 피렌체 경관을 보여주고 싶다고 말한다. "목이 마르다면 물 한잔이야 줄 수 있죠." 문지기가 중얼댄다. "바 출입은 엄격히 고객만 할 수 있으니까요. 그리고 정원은 사유지입니다." 지배인과 이야기할 수 있는지 물어본다. "한번 전화해보세요." 그렇게 그가 대화를 끝내버린다.

피렌체는 류바를 그렇게 맞이했다.

3
묘사 하나

올마텔로[13]는 특히 옛 유고슬라비아에서 온 집시들을 위한 '임시' 체류 수용소로 정의되며, 세스토피오렌티노 코무네[14]에 거주하는 주민들의 격렬한 항의 끝에, 오늘날 이 수용소에 있는 대부분의 집시들이 예전부터 거주하던 곳에 세워졌다. 위치는 피렌체와 피사를 연결하는 철도와 비알

---

12 그리스 신화에 나오는, 저승세계의 입구를 지키는 머리가 셋 달린 개.
13 피렌체 시내에서 북서쪽에 있는 거리 이름이자 집시들의 수용소 이름.
14 피렌체 북서쪽 지역. 코무네comune는 역사적으로 중세 이탈리아의 자치도시를 가리키며, 현재는 대략 우리나라의 면이나 읍, 구 등에 해당하는 행정단위.

레운디체시모아고스토 대로 사이에 있고, 페레톨라 공항과 고속도로 연결망 입구에서 아주 가깝다. 이런 위치는 집시들을 보호하기 위한 주 당국의 규정에 위배되는데, 규정에 따르면 "주거지역은 쓰레기 하치장에서 가까운 곳이 아니어야 하고, 대규모 교통 간선도로와 직접 닿지 않는 곳에 있어야 한다." 수용소는 공식적으로 이백여든여덟 명의 집시들을 수용하며, 거기에다 각 가족이 일상적으로 받아들이는 친척들, 그리고 소위 '올마텔로 외곽'이라 불리는 불법 수용소에 속하는 너덧 가족 집단을 덧붙여야 한다. 피렌체 코무네는 올마텔로에 있는 가족들에게 침대가 없는 이동식 집을 제공했는데, 각 집에서는 조그마한 매트리스 하나에 여섯에서 열 명이 빽빽하게 모여 잔다. 집 바깥에 화학적 위생시설이 있고, 냄비들을 씻는 곳은 조립식 샤워시설 안에 있다. 샤워시설은 남녀 공용이며, 사용할 수 있는 뜨거운 물은 '거의 안 씻는 사람의 필요조차' 충족시키기에도 충분치 않다. 그런 불편함을 열 살 소년 R은 이렇게 증언한다. "나는 수용소에 있는 게 좋아요. 하지만 우리 캠핑카가 완전히 망가져서 지붕에다 판자 조각을 붙였어요. 안 그러면 비가 안으로 들이치니까요. 물이 흘러나가는 곳에는 음식물 쓰레기가 있어요." 그 자체로 이미 불안한 위생과 보건 상황은 하수시설이 없는 수용소라 더 악화되어, 진흙투성이 더러운 물이 고여서 쥐들과 다양한 기생충들이 꼬인다. 이 때문에 옴이나 결핵 같은 전염병이 퍼지는데, 그나마 수용소 내 보건소가 있어 부분적으로나마 관리나 치료를 받고 있다. 이외에도 수용소에는 매일 사회복지사(피렌체 코무네와 동일시되는 인물)가 오는 사무실이 있는데, 집시들은 단지 법과 관련한 문제가 생길 때만 그곳에 문의한다. 그리고 관리인들과 거리의 교육자들이 있다. 1993년부터 수용소에서 봉사하고 있는 거리의 교육자들은 주로 네 살에서 열네 살까지의 아이들을 위해 일하고, 자립심과 타인에 대한 존중심을 증진시키기 위해 놀이, 운동, 스포츠와 예술활동 등 다양한 활동을 기획한다.

포데라초[15] 집시 수용소도 피렌체의 가장 황량한 변두리들 중 한 곳에 있다. 수용소는 일종의 언덕 위에 세워졌는데, 사실 그 언덕은 도시청소서비스회사가 오랫동안 쌓아올린 쓰레기와 빨간색 병원 폐기물 봉지들로 만들어진 곳이다. 그곳은 고지대와 저지대, 두 구역으로 나뉜다. '마시니 구역' 또는 '마시니 수용소'라 불리는 저지대는 불법이라는 이유로 곧 철거될 것이다. 고지대의 포데라초 집시들은 모두 '역사적' 집시들, 말하자면 이탈리아 시민들과 거류민들로, 마시니 수용소에는 코소보와 마케도니아에서 온 이백 명이 넘는 사람들이 있다. 그들은 주로 난민들이며, 이 이유만으로도 피렌체에서 고정된 주거지를 가질 권리가 있는 셈이다. 마시니 수용소 사람들은 올마텔로에 있는 대부분의 사람들과 마찬가지로, 전통이나 생활방식에 따라 유랑민이 된 게 아니라, 전쟁 때문에 고향을 버릴 수밖에 없었던 '강요된 유랑민'이다.

포데라초 집시들은 재활용품으로 만들어진 막사, 코무네 혹은 자원봉사 단체들이 제공한 캠핑카, 컨테이너에서

15 올마텔로의 남서쪽에 있다.

산다. 평균 여섯에서 아홉 명으로 구성된 가족을 수용하기에는 부적절하고 초라한 주거시설이다. 그럼에도 불구하고 그 내부 공간은 아주 깨끗하고 우아해서, 수용소의 퇴락과 '더러운 집시'라는 (받아들여진 이방인들에게 붙이는 이름인) '가제gagé' 관념과는 대립된다. 코무네는 수용소 안에 화학적 위생시설을 설치했지만 이백 명이 넘는 사람들에게는 충분치 않을 뿐만 아니라, 관리가 부족한데다 집시들 스스로가 시설을 파괴하기도 해서 제대로 돌아가지 않는다. 이런 식으로 이들은 자신들이 살아가야 하는 방임 상태와 맞서야 한다고 여기는 모양이다.

수용소에는 서로 다른 가족집단 사이에 '강요된 공존' 상황이 있고, 이는 종종 종교적, 인종적, 문화적 갈등과 공격으로 표출되기도 한다. 이런 상황에서 안정적인 주거지와 집에 대한 필요성은 더욱 널리 확산되고 공감을 얻고 있다. 인터뷰한 아이들마저 자신의 상황에 대해 불평한다. 열 살짜리 마케도니아 소년 S에게 집시라는 것이 무엇을 의미하느냐고 묻자 이런 답이 돌아왔다. "개같이 사는 거요. 우리가 어떻게 사는지 보고 생각해보세요."

위에 쓴 글은 내가 주관적으로 해석한 것이 아니다. 내일 우리 일정을 시작하기에 앞서, 호텔에서 미리 읽어보고 생각을 잡아나가도록 내가 오늘 저녁 류바에게 선물한 책의 앞부분일 뿐이다. 이 책은 1997년 피렌체 대학 사회과학부 학생들이 에밀리오 산토로 교수와 다닐로 촐로 교수의 지도하에 공동으로 연구해 펴낸 『또다른 권리—소외, 이탈, 감옥』이다.

위에서 문제가 된 장은 「집시 수용소들」이라는 글로, 알레산 드라 메아와 리사 반니가 수행한 연구다.

4
모호함과 상투성

돌고 도는 불가피한 여론으로 널리 퍼진 모호한 말이 있으니, 경이로운 이탈리아 르네상스에 일부 이바지한 메디치가家 영주체제[16]의 피렌체가 페리클레스 시대의 아테네와 유사하다는 것이다. 가장 권위 있는 박물관들을 비롯해 도시 곳곳에서 감상할 수 있는 예술의 번창이 분명 그러한 모호함을 조장해왔다. 피렌체의 정치적 역사를 모르고 방문하는 일반 관광객은 보티첼리의 〈비너스의 탄생〉이나 레오나르도 다빈치의 그림들 앞에서, 예술의 번창과 함께 메디치가가 틀림없이 최대한 자유롭게 도시를 운영했을 것이라고 여기게 된다. 페리클레스 시대의 아테네와 비교하는 것은, 젊은 문화의 나라에서 온 관광객뿐만 아니라, 피렌체를 여행하거나 미켈란젤로의 〈다비드〉나 첼리니의 〈페르세우스〉를 보여주는 수많은 출판물을 통해 예술의 아름다움을 감상하는 이탈리아의 일반적인 관광객에게서도 자연스러운 일이다.

　내 친구 류바 역시, 그녀의 문화적 역량에도 불구하고 이런 상투성의 포로였다. 오늘 나의 임무는, 피렌체 국립도서

16　Signoria. '주인' 또는 '영주'를 뜻하는 시뇨레signore에서 파생된 용어로, 15세기 중엽부터 이탈리아 중북부 코무네에서 확산된 정치체제를 가리킨다. 원래 공화정을 토대로 하는 코무네, 즉 자치도시가 도시의 유력 가문에 통치권을 양도하는 것으로 이루어진다. 피렌체 공화정에서 아홉 명의 '최고 위원priore'으로 구성된 일종의 내각도 '시뇨리아'라고 부르는데 이와는 구별해야 한다.

관과 내 친구 도메니코 과리노(그는 시에나 대학에서 내 제자였고, 지금은 피렌체 소외계층 문제에 많은 관심을 기울이는 사설 라디오방송국에서 일하고 있다)의 문서보관소에 가서 우리가 찾아볼 일련의 역사 정보들을 통해 상투성을 벗기는 일이다.

5
영주와 추방된 자

15세기 말에 오늘날 '군사 쿠데타'로 정의할 만한 방법으로 권력을 장악한 메디치가는 코시모 일 베키오[17]라는 인물을 통해 피렌체의 주인이 되었다. 코시모를 위해 중세적 성격의 민주제를 토대로 하는 시민 공화국의 막을 끌어내린 인물은 피티 가문 출신 '정의의 기수'[18]였다. 소리만 요란한 이 칭호는 실제로 당시 피렌체 수비대의 우두머리, 즉 경찰을 가리키는데, 오늘날 중남미 독재자와 공수부대 대령 사이쯤의 위치로 가늠해볼 수 있다. 쿠데타로 도시를 장악했던 그는 코시모의 손에 권력을 넘겼다. 이 순간부터 어떤 민중적 의지 표명도 끝난 셈이었다. 자유로운 선거는 억압되었다. 수공업자

---

17 Cosimo di Giovanni de' Medici(1389~1464). '노인il Vecchio'이라는 별칭으로 불리는 이 인물은, 유능하고 교묘한 수단으로 피렌체 공화국의 실권을 장악했다. 타부키는 15세기 말이라고 썼지만 15세기 중엽에 이미 코시모는 피렌체의 거의 모든 권력을 손에 쥐고 있었다. 그의 손자 '위대한 자' 로렌초(Lorenzo il Magnifico, 1449~1492)는 탁월한 문예 후원자로서 르네상스 발전에 결정적 기여를 한 인물로 평가된다.
18 루카 피티(Luca Pitti, 1398~1472)는 피렌체 코무네의 최고위직인 '정의의 기수 Gonfaloniere di Giustizia'가 되었으며, 1453년 피렌체 공화국의 이름으로 코시모 일 베키오에게 반기를 들었다가 실패하여 추방당했는데, 결과적으로는 코시모의 권력 장악에 기여한 셈이 되고 말았다.

조합[19]은 더이상 권력이 없었고, 피렌체 민중은 완전히 재갈 물린 꼴이 되었다. 메디치가의 은행가들, 수공업 사회의 종말과 함께 상인계급을 도래하게 한 부유한 신흥계급이 도시의 유일한 소유자가 되었다. 절대적 주인이 되었을 때 그들은 일부 경제적 편리함까지 누릴 수 있었다. 특히 세금과 관련하여 그랬다. 소유자가 자기 자신에게 세금을 냈다는 것은 역사에서 찾아볼 수 없다. 그런 '편리함' 덕택에 피렌체 주인인 메디치가 은행가들은 유럽에서 가장 강력한 부호 가문 중 하나가 되었다. 다행히 그들에게는 훌륭한 미적 감각이 있었다. 축제, 연회, 결혼식 등 메디치가의 사생활에서 발견되는 상당히 저속한 화려함에 대해서는 이 관련 주제를 다룬 다른 책들을 참고할 수 있을 테니 일단은 내 친구 류바에게는 생략하고, 필요하다면 간략한 참고문헌 목록 정도만 제시하고자 한다.

하지만 메디치가에 대해 특히 분명하게 밝히고 싶은 점은, 특권에 대한 그들 자신의 옹호다. 이는 당연히 그들이 정복한 '평화의 섬'을 혹시라도 동요시킬 수 있는, 모든 외부에 대한 두려움과 의혹을 전제로 한 특권이다. 분명 주된 염려 중 하나는, 그런 평화에 변화를 가져올 만한 외부 요소와 관련된 것이니 말이다. 이런 식으로 피렌체는 하나의 '요새,' 말하자면 외부에서 유입되는 모든 것에 대해 폐쇄적인 도시, 이방인을 의심하고 또한 원칙적으로 이방인에게 적대적인 도시가 되고 말았다.

류바가 이해하기 위해 노력해야 할 첫번째는, 바로 메디

---

19 중세 피렌체 공화국에서 정치에 참여하려면 의무적으로 다양한 수공업자 조합에 가입해야 했다.

치가의 피렌체는 페리클레스의 아테네가 아니라 오히려 스파르타 같은 도시였으며, 자유롭고 열린 도시가 아니라 반대로 자신의 생활방식에만 집착하는 닫힌 도시였다는 점이다.

두번째 걸음은 류바가 보다 이해하기 쉬운 것으로, 19세기 피렌체 대공의 근면하고 충실한 관리였던 탁월한 로렌초 칸티니 박사가 수집한 '포고령' 선집인데, 이는 15세기에서 18세기 사이에 메디치 영주들과 그 이후 대공이 오늘날 이른바 '정직한 시민들의 평화'라는 것을 방해할 수 있는 것으로부터 피렌체를 지켜내기 위해, '가난뱅이들' '비참한 자들' '거지들'에게 공표한 이 포고령의 필요성을 독자에게 가르치기 위하여 모은 선집이다. 19세기 초 피렌체의 알비치니아나 인쇄소에서 간행된 그의 『토스카나 법령집』은 그 기간 동안, 공증인 칸티니에 따르면 "활동적이고 근면한 생활을 증오하고 사회에 편견과 피해를 끼치면서 악습의 이익으로 살아가려 하는 이방인 방랑자 무리를 국가에서 멀리 쫓아낼" 의도로 취한, 일련의 경찰 조치들에 대해 알려준다.

미국처럼 헌법을 토대로 세워진 다민족 사회에서 온 내 친구 류바는, 이 포고령을 읽으면서 피렌체의 사고방식을 이해하기 시작할 것이다. 1590년 '방랑자들' '노래꾼들' '행상인들'에 대한 포고령, 1671년 '떠돌이들'과 '방랑자들'에 대한 포고령, 1688년 '거지들'에 대한 포고령은 틀림없이 그녀에게 충격을 줄 것이다. 하지만 무엇보다 그녀와 관련된 문제는 「육화肉化 이후 1547년 11월 3일의 친가니와 친가네에 대한 포고령」이다.

'친가니Zingani'와 '친가네Zingane'는 당시 용어로 남자 집시와 여자 집시를 가리키는 말이다. 이런 이유로, 류바에게 강한 인상을 남길 이 포고령을 다시 게재하는 것이 좋겠다.

6
포고령

가장 탁월하시고 가장 고명하신 주인님이신 피렌체 공작님과 가장 고명하신 폐하를 대신하여 위에서 말한 도시 수비대와 검찰의 위대한 나리 여덟 명은, 피렌체 도시와 그 주변 지역과 영지에 체류하였고 지금도 체류하고 있는 친가니와 친가네가 과거에 얼마나 많은 피해를 주었고 또한 현재에도 주고 있는지 고려하시고, 또한 그들의 사악한 행동으로 농민들과 수공업자 시민들이 과거에 받았고 또 현재도 날마다 받고 있는 엄청난 피해들을 통해 얼마나 많은 불행을 겪고 있는지 고려하시고, 또한 탁월하신 폐하의 공국公國이 얼마나 많은 유용함을 베풀어왔고 나날이 베풀며 그 유용함을 누리게 하는지 생각하셔서, 그런 애로사항을 해결하기를 원하시는바, 피렌체 공국과 그 영지, 그 모든 영토 안에 있는, 위에서 말한 모든 친가니와 친가네 무리에게, 오늘부터 다음달까지, 어떤 예외도 없이, 위에서 말한 피렌체 공국 영지를 떠나야 함을 공개적으로 포고하고 공지하며, 분명하게 명령하며, 고유한 직무의 승인하에 체포되고 투옥되는 형벌을 경고하며, 위에서 말한 모든 친가니에게 본 포고령으로 자신이 바로 오늘까지 갖고 있던 모든 허가증, 통행증, 인정서가 취소되었고 또한 취소된다는 것을 통지하노라. 그러므로 모든 경찰국장, 대장, 대리인, 행정관 그리고 고귀한 피렌체 공국의 다른 모든 공무원에게 위임하노니, 위에서 말한 모든 친가니에게 위에서 조치하고 명한 것을 통지하면서 그들이 지닌 모든 허가증을 회수하여 보관하다가 각 검찰청으로 보내고, 통지한 달이 지나면 위에서 말한 대로 그들을 체포하고 압송하도록 하라. 그리고 앞으로는 가장 고명하신 폐하의 공국으로의 귀환을 금할 것을 경고하고, 가장 고명하신 폐하의 분명한 승인 없이는 그에 준하는 형벌을 받을 것이며, 모든 것은 위배할 수 없고 어떤 변명이나 예외도 없이 집행될 것이라고 경고하라.

7
올마텔로를 향해

올마텔로는 집시들을 위한 수용소로, 앞서 인용된 연구에서 보았듯, 집시 공동체 수용에 대한 유럽 공동체의 조치들과는 맞지 않는 피렌체 한 구역에 세워져 있다. 토스카나 해안지대로 가는 철도와 고속도로 사이에 끼어 있는 그곳은, 강제수용소 같은 인상을 주는 철망에 둘러싸여 극히 제한된 구역에 갇혀 있다. 여기에 들어가려면 차단기로 입구를 막고 있는 코무네 경비에게 신분증을 제시하고 방문 이유를 밝혀야 한다. 류바와 함께 나는 코무네 사회복지사의 도움을 받아야 했다. 사회복지사는 지적이고 친절한 중년 여성으로 박애정신이 대단했으며, 우리가 즉각 알아차렸듯 수용소에서 많은 사랑을 받고 있었다. 입구까지 안내하기 위해 노볼리 거리 시장 앞에서 기다리고 있던 그녀를 우리는 차로 뒤따라갔다. 이 무더운 여름의 토요일, 피렌체 주민들은 주말을 즐기려고 베르실리아 해안 지방으로, 바다로 가는 중이다. 자동차 행렬은 끝도 없고 온도는 삼십오 도에 육박했다.

8
올마텔로에서의 오후

올마텔로 수용소에 등록된 삼백네 명은 스물여섯 채의 이동식 주택과 마흔여섯 대의 캠핑카에 거주한다. 금속재와 플라스틱으로 만들어진 소위 이동식 주택은 주거 공간이 매우 협소한 컨테이너로, 조그마한 입구와 침실 하나가 있다. 소위 '위생시설'(앞의 세번째 장 참조)은 공동 마당에 있었는데, 보초병이 지키고 있을 법한 군 막사 같은 모양이었고, 어떤 몸동작도 그 안에서는 지극히 복잡했다. 나는 오줌을 누려고 들어갔다. 양철로 지어진 탓에 내부 체감온도는 사십 도에 이르렀다.

여기 수용된(올마텔로는 '허가받은' 코무네 수용소다) 집시들 스스로가 설치한 양철 차양은 공동체를 위한 일종의 카페 역할을 했다. 음료수 한잔을 마실 수 있도록 우리는 그 아래로 초대받았다. 쓰레기장에서 가져온 것이 분명한, 낡고 칠이 벗겨진 냉장고에 음식이 신선히 보관되어 있었다. 수용소에서 태어난 아기들을 위한 분유를 비롯해 광천수 병들과 코카콜라, 가벼운 알코올음료(맥주와 포도주)가 있었다. 집시들은 종교적 규제에도 불구하고(이들 대부분은 코소보, 마케도니아, 세르비아 출신의 이슬람교도였다) 알코올음료를 마셨다.

이런 주거 상황 때문에, 수용소 주민들은 자기들 문화의 특징인 카펫 짜기나 가죽 손질 및 구리 세공 같은 수공업 활동을 포기하고, 완전히 무기력한 실업 상태로 남아 있을 수밖에 없었다. 물론 어떤 경제적 뒷받침도 없었다. 어떤 식이든 코무네는 일절 음식을 제공하지 않았고, 그래서 주민들은 모든 면에서 지극히 불안정하고 취약한 방식의 일을 찾아야 했다. 가령 식당을 돌아다니며 장미꽃을 팔거나, 신호등 앞에서 자동차 유리를 닦아주는 일이다. 특히 여자와 어린아이들은 경찰에 체포될 위험을 무릅쓰고 구걸을 하곤 했다. 지난 이 년 동안 수용소는 중독성 마약 헤로인으로 황폐화되었다. 얼마 전까지만 해도 집시 문화권에서는 모르던 이 마약이 이들의 생존 방식과 상황을 그처럼 조장하고 말았다. 집시들은 아주 용이하게 도시를 돌아다니고 움직이며 곧바로 도시 지리에 훤하게 된다. 마약상들은 다루기 쉬운 집시들에게서 소매 밀수업자를 찾아내 수용소 안으로 침투했다. 헤로인 거래의 가장 단순한 논리원칙은, 도시사회학자들이 명백히 밝히고 있듯, 소매 밀수업자를 중독자로 만드는 것이다. 양심의 가책을 못 느끼는 그런 사람들에게 집시 젊은이들을 설득하는 일은 어렵지 않았으니, 약간의 헤로인 주사는 젊은이들에게 용기를 주었고, 그 효과는 마치 그들 아버지의 취기가 그러하듯 다음날 사라졌다. 도시에서는 당국이 처음부터 그런 상황을 알고 있었는데도 곧바로 개입하지 않았다는 소문이 퍼졌다. 아마 뜬소문이었을 것이다. 어쨌든 경찰이 수용소에 들어와 대거 체포에 나선 것은 최근의 일로, 마약이 이미 젊은 집시들을 비롯해 사십대 중년 집시들까지 황폐화시킨 뒤였다. 이

중 대다수가 지금 피렌체 주립 감옥에 있으며, 이미 기소되었거나 기소 대기 상태다.

9
단춧구멍에 꽂은 꽃

올마텔로 '환대 수용소' 바닥은 시멘트로 되어 있다. 오후 세시가 되면 돌과 양철은 사십 도까지 달아오른다. 벌거벗은 아이들 몇몇은 몇 안 되는 수도꼭지 중 하나에 짧은 고무관을 끼워 돌아가면서 목욕을 한다. 어른들은 그들 문화의 특징인 수치심 때문에 절대 그렇게 할 수 없다.

　내가 류바에게 보여준 올마텔로 수용소는 피렌체 코무네와 그들이 벌인 소위 '환대정책' 중에서도 '단춧구멍에 꽂은 꽃'인 셈이다.

10
메디치, 향수 어린 회상

피렌체는 보수적인 도시로 악명 높다. 반동적 도시라고 과장없이 자연스레 정의해볼 수 있겠다. 그런 '반동성'은 이데올로기적 성격보다는 아마 문화적 성격에서 비롯된 듯하다. 앞서 말했던 메디치의 뿌리는 그런 '유전적 유산'의 토대에 자리하고 있음이 분명하다. 이탈리아에서 '깨끗한 손'[20] 검사들이 활동을 시작하기 몇 년 전 어느 시장이 떠오른다. 그가 속한 평의회가 몇 년간 도시를 운영했는데, 코무네 선거에서 승리한 후 취임식 연설에서 그는 이런 위대한 말을 했다. "우리는 피렌체를 메디치의 영광으로 되돌릴 것입니다."

20　Mani Pulite. 1990년대에 이탈리아에서 일부 검사들을 중심으로 대대적으로 전개된 부패척결 운동.

이후에 그 시장의 행정부가 연루된 사법적 사건이나 피렌체가 처한 주변환경 상황(올해 이탈리아에서 발표된 통계에 따르면 피렌체는 유럽에서 가장 더럽고 시끄럽고 오염된 도시 중 하나다)은 차치하고서라도, 나는 그것이 아직 먼 훗날의 이야기라고 믿고 싶다. 적어도 앞서 이야기한 메디치 국가의 정치적 사고방식에 대해 언급하고 싶지는 않으니까.

11
전망 좋은 집

이 밀레니엄 막바지에 피렌체가 헌신하려는 듯 보이는 '르네상스'는 물론 대중매체 이미지에 좌지우지되는 서양 문명의 퇴락과 일치한다. 그러므로 구시가의 셀프서비스 피자 가게에서 방금 버스에서 내린 조급한 손님을 위해 은박지로 싼 피자 한 조각과 코카콜라 캔을 끔찍한 아연판 카운터에 내놓는 광경을 (마치 더 돈이 많고 더 까다로운 관광객이 초호화 가게에서 유명 디자이너가 디자인한 옷과 가죽가방을 월스트리트 증권가에서 평가된 가격으로 구입하는 모습처럼) 보았을 때, 러스킨[21]을 읽었고 제임스 아이보리의 영화 〈전망 좋은 방〉[22]을 본 세련된 관광객이라면, 피렌체의 르네상스는 정말이지 그 끝을 알 수 없다고 생각할지 모른다. 놀랍게도 그런 상투성은 우리 시대에도 계속되고 있다.

그림엽서에 나오는 미켈란젤로 광장에서 바라본 장밋빛

---

21 영국의 예술비평가 존 러스킨(John Ruskin, 1819~1900)은 피렌체를 방문했을 때 안젤리코 수사, 조토 등의 작품에서 깊은 감명을 받고 『피렌체의 아침』을 썼다.
22 피렌체의 아름다운 역사적 중심지를 배경으로, 1985년 E. M. 포스터의 동명 소설을 영화화한 작품.

석양의 피렌체, 아르노 강 폰테 베키오 다리와 그 위에 즐비한 모조 귀금속 세공품 가게, 팔라초[23]에서 벌이는 (진짜 또는 가짜) 축제가 한창인 피렌체는, 사회학자들이 말하듯이 '젊은 문화'의 나라에서 오는 사람들에게 '위대한 자' 로렌초가 아직도 원기왕성하게 살아 있다고 생각하게 해줄 것이 분명하다. 그리고 피렌체는 이 믿음을 부채질하기 위해 이곳 행정가들과 더불어 할 수 있는 짓을 다 한다. 축제들, 무도회들, 또다른 경이로운 행사들이 이를 잘 말해준다.

12
패션의 고담[24]

내 친구 류바를 데리고 '위대한 자' 로렌초의 이 위대한 피렌체를 둘러보고 있는 요즈음, 나는 이 도시가 제공할 수 있는 화려함을 자세히 알려주기 위해 몇몇 지역신문을 열심히 사들이고 있다. 어제 우피치 광장에서 만찬. 위대한 일주일이자, 비록 소수 중에서도 선택된 극소수를 위한 자리지만, 광장의 새로운 바닥 포장을 축하하기 위한 귀빈 만찬 거행. 그렇게 주요 일간지 중 하나는 커다란 활자로 제목을 붙였다. 또한 다른 주요 제목은 이렇게 전한다. 시장 선언: 또다시 우리는 수도다. 이 어리석은 말을 한 사람이 정말 시장인지 알 수 없다. 어쨌든 같은 신문은 우리를 이렇게 안심시킨다. 패션 비엔날레, 피렌체 재출시. 이는 단지 첫걸음일 뿐. 이탈리아 패션 고담의 축

23 '저택, 궁전'을 뜻하는 단어로, 대개는 피렌체 행정 중심지 팔라초 베키오를 가리킨다.
24 Gotham. 워싱턴 어빙이 뉴욕 시에 붙인 별명으로, 배트맨 시리즈를 비롯한 만화들에 가상도시로 등장한 바 있다.

복.(『라 레푸블리카』, 1996년 9월 22일) 실제로 피렌체의 주요 박물관에서 패션쇼가 이루어지고, 연예 가십난에서 '인물'로 널리 알려진 어느 우파 하원의원은 언론에다 대고 "패션 디자이너들이 예술을 능가했다"고 선언했다. 피렌체는 행복하다. 너무나 행복해서 다른 지역신문에서 말하듯, 피렌체 귀빈들은 이소자키 아라타[25]의 아름다운 돔 모양 지붕들 사이에서 토마토 수프를 대접받는다.(『라 나치오네』,[26] 1996년 9월 21일) 그 원형 지붕은 피렌체 행정가들이 '자신들의 르네상스'를 유지시키기 위해 여기까지 데려온 어느 건축가이자 디자이너의 대단히 기발한 무대장치인 것이다.

13
엘튼 존의 안경

그런 '르네상스적' 창의력에는 자연히 다른 기발한 아이디어들이 뒤따른다. 피렌체의 한 박물관에서 열린 엘튼 존의 안경 컬렉션 전시회가 바로 그중 하나였다. 그 영국 스타의 안경들은 장밋빛에서 보라색까지 각양각색으로, 보티첼리의 파스텔 톤과도 잘 어울릴 것이다. 상상하건대, 분명 토스카나 지역 문화행정가들은 이 천재적인 전시회를 조직하면서 그렇게 생각했을 것이다. 엘튼 존의 안경들은 매우 비싸고 그 보험료 또한 매우 비싸다. 적어도 르네상스 그림과 록의 색깔 사이에 기묘한 논리적 연결고리를 설정한 조직자들은 그

---

25 磯崎新(1931~). 일본의 건축가로 피렌체 우피치 미술관의 새 출구를 위한 국제 경연에서 그의 작품이 선정된 바 있다.
26 *La Nazione*. 1859년 피렌체에서 창간된 일간신문으로 토스카나와 인근 지역까지 배포된다.

렇게 들었을 것이다. 그런데도 그들은 운명에 도전하고 싶어 했으니, 정말로 그 프로젝트에 대한 확신이 있었던 모양이다! 신문에 따르면 그 프로젝트는 대실패였다. 방문객은 극소수였고, 경제적 적자(언론에서 삼십억 리라라고 보도했는데, 이에 대해서도 전혀 부인하지 않았다.『라 레푸블리카』, 1998년 6월 23일)는 피렌체 신용기관에서 부담했다(패션 비엔날레: 엘튼 존에게서 우리를 구해주오,『일 마니페스토』, 1998년 10월 11일, 가브리엘레 리차의 기사 참조).

이는 피렌체 예술, 특히 피렌체의 '르네상스'가 칭송받을 수 없음을 드러내준 한 사건일 것이다. "올해의 행사를 위해 편성한 예산에 따르면, 피렌체 코무네는 삼억 리라, 토스카나 주 정부는 이십억 리라를 쏟아붓는다(『라 레푸블리카』, 1998년 6월 20일)." 이 모두는 바로 값싼 대중선동을 자랑스럽게 '환대정책'이라고 정의했던 문화적 선택에서 비롯한 것이다.

14
하나의 도시, 두 개의 영혼

피렌체를 통치하는 현재의 중도좌파 행정부는 이 도시의 보다 시민적인 사람들과 진보적인 유권자들의 표를 얻기 위해, 환대를 선거정책의 중대 사안 중 하나로 삼았다. 여태껏 언급은 않고 있었지만, 피렌체는 보수적인 메디치 가문의 유전자 말고도, 늘상 역사의 호의를 얻어내지는 못했으나 민주적이고 진보적이며 시민적인 영혼도 분명히 갖고 있기 때문이다. 넬로 로셀리와 알도 로셀리, 피에로 칼라만드레이, 조르조 라 피라, 에르네스토 발두치 신부, 돈 밀라니 신부(피렌체의 주교는 그를 바르비아나로 쫓아버렸다)의 이름[27]을 기억하는 것으로 충분할 것이고, 또한 바스코 프라톨리니[28] 같은 작가들과, 1920년대와 1930년대에 피렌체를 특징지었고 20세기 이탈리아 역사의 토대가 되었던 모든 문화(내가 말하는 것은 『솔라리아*Solaria*』와 나중에 나온 『캄포 디 마르테*Campo di Marte*』 같은 잡지들과 에우제니오 몬탈레, 엘리오 비토리니, 카를로 에밀리오 가다, 토마소 란돌피, 아르투로 로리아, 알레산드로 본산티 같은 작가들이다)는, 일부 정치적 선택에서 결정적 요소가 될 수 있는 너그럽고 교양 있는 영혼이 이 도시에 존재하고 있음을 증명하기에 충분하다.

올마텔로 집시 수용소(그리고 포데라초 수용소와 급조된 마시니 수용소)를 방문하는 류바 같은 사람에게는, 현재의 코무네 당국을 선거에서 승리하게 한 '환대 캠페인'이 제대로 이행되지 않은 것처럼 보일 것이다. 옛 아테네 모델에 따라 행사된 '열린 도시'의 공언된 약속에도 불구하고, 스파르타의 닫힌 정신이 훨씬 더 우세한 모양이다. 비록 스파르타의 강

---

27 넬로 로셀리(Nello Rosselli, 1900~1937)는 역사학자이자 저널리스트로서 적극적인 반파시스트로 활동하다 파리에서 파시스트 단체에 의해 암살당했고, 그의 아들 알도 로셀리(Aldo Rosselli, 1934~)는 피렌체 태생의 작가이자 비평가다. 피에로 칼라만드레이(Piero Calamandrei, 1889~1956)는 법률가이자 정치가, 작가로 반파시스트 활동에 참여했다. 조르조 라 피라(Giorgio La Pira, 1904~1977)는 정치가로 피렌체 시장을 역임했다. 에르네스토 발두치(Ernesto Balducci, 1922~1992) 신부는 제2차 바티칸공의회에도 참여했다. 돈 밀라니(don Milani, 1923~1967) 신부는 가난한 자들의 교육과 보호에 적극적으로 참여하다가 피렌체 교구와 충돌하여 1954년 피렌체 북동쪽 산골에 있는 조그마한 바르비아나 교회로 가게 되었다.
28 Vasco Pratolini(1913~1991). 피렌체 출신 작가로 그의 작품은 당대 사회에 대한 분석과 함께 인간의 내면세계를 감동적이고 애정 어린 리얼리즘으로 형상화한 것으로 평가된다.

건한 남자들 대신 엘튼 존의 안경들이 더 높게 평가되었지만 말이다. 이 흥미로운 도시에서 소위 '환대된 자들'이 처해 있는 놀라운 상황에 대해서는 비안카 마리아 라 펜나가 이끄는 '소수민족보호협회'가 나보다 더 잘 이야기해줄 수 있을 것이다(이 협회의 주소와 출판물은 「참고문헌」에 제시되어 있다).

15
하층 프롤레타리아 집시들

지금까지 나는 피렌체 제도권에 직접적으로 기댈 수 없는 난민들의 상황에 대해서는 아직 언급하지 않았다. 그들은 소위 '불법체류자들'이다. 불법이지만 용인된 자들로, 코무네 당국은 교활한 철학을 보여주는 관대함을 발휘하여 그들이 '둥근 지붕'[29] 위의 황혼 풍경을 방해할 만한 장소에서 멀리 떨어져 정착하는 한 들어오도록 내버려두었다.

이렇게 용인된 사람들은 코무네가 도서관 하나 허용할 필요도 없다고 생각할 정도로 잊힌 변두리, 특히 브로치와 피아제 외곽 구역에 정착했다. 피렌체와 피사를 연결하는 철도와 극도로 오염된 아르노 강 사이에 끼어 고양이만큼이나 큰 쥐들과 함께 사는, 프란츠 파농이 외쳤듯 이 '대지의 저주받은 자들'은, 자신들의 막사를 짓고 바퀴마저 떨어져나간 캠핑카를 설치해, 말하자면 코무네가 너그러이 그들에게 베푼 이 관용, 서서히 죽어가는 하층민의 고뇌 상태에서 살아가고 있다. 수도나 전기, 하수 시설, 응급조치 등 어떤 형태의 기간

---

29 Cupolone. '커다란 돔' 또는 '둥근 지붕'이라는 뜻으로, 15세기 중엽 브루넬레스키가 완성한 피렌체 두오모의 유명한 지붕에 빗대어 성당을 가리킨 대목.

시설이나 원조도 없다. 종종 그들이 인간으로서 존재하고 있음을 증명해줄 서류조차도 없다. 르네상스 도시 피렌체가 이 세상에서 그들에게 허용한 것은, 나무도 없고 풀도 없는 협소한 이 황무지에 살고 있는 인간임을 증명해준 것은, 오직 그들의 육신뿐이다.

소위 '환대 수용소' 올마텔로와 포데라초 집시들이 피렌체 집시들 중에서도 '부르주아' 집시라면, 그들은 룸펜프롤레타리아트 집시들이다. 나는 그곳으로 내 친구 류바를 데려가기로 결정했다.

16
변두리의 신부

브로치, 피아제. 피스토이아 방향 북쪽[30] 변두리, 이곳은 피렌체에 속하지만 마치 원치 않은 자식을 낳은 어머니처럼 르네상스의 피렌체가 거부한 비장소다. 그런데도 브로치와 피아제는 오래된 고유의 위엄을 간직하고 있는데, 이는 대부분 이탈리아 변두리가 보여주는 전형적인 도시계획의 추악함에도 불구하고 극히 부분적으로만 추해진, 거의 시골에 가까운 소박한 우아함을 보여준다. 여기에서 방기와 외로움, 낯설음이라고 부를 수 있을 법한 것이 감지되는데, 이는 명백한 사회적 문제들을 넘어 피렌체 자체가 이들을 '원하지 않는다'는 사실을 알아차리는 데서 나온다.

한때 영주의 거처가 세워졌던 아름다운 들판이던 시절을 지나, 이곳에는 그때부터 살아남은 오래된 탑 모양의 집이 한

---

30 원문에는 '북쪽'으로 되어 있지만 피스토이아는 실제로 시내에서 볼 때에는 북서쪽에 있는 도시다.

채 있는데, 이 집이 이곳 주민들에게는 일종의 합법적인 시대적 소속감을 마련해주고 있는 듯하다. 마치 이 탑 모양의 집이, 정체성의 절도에 맞서 그들을 역사와 결속시켜줄 가시적이고 현실적인 요소를 그들에게 제공해줌으로써, 이후의 도시계획에서 보이는 '장소'와 '시간'의 불확정성 속에서 동요하는 것을 막아주고 있는 것 같다. 구역 주민들이 '일 토리오네'라고 부르는 그 집은, 피렌체 코무네 관할로 거주하는 사람도 이용하는 사람도 없던 곳이다. 보다 진취적인 주민들의 주도하에 여기서 조그마한 문화협회가 조직되었다. 사람들이 책을 구입하고 친구나 출판사로부터 기증받아 작은 구내 도서관을 세운 것이다. 그리고 이 탑 모양의 집 인근에 있는 방 두 개를 세내어 얼마 안 되는 책들을 정리하고, 저녁에는 모여 책을 읽거나 토론을 하기도 했다. 그들은 코무네에 탑 모양의 그 집을 쓸 수 있게 해달라고 요청했고, 대답이 오리라 확신하면서 기다리는 동안 이곳에 '토리오네 도서관'이라는 이름을 붙였다. 또한 소박하고 다소 순진한 스케치로 이 오래된 집을 묘사한 편지지를 인쇄하기도 했다. 프로이트가 '욕망의 투사'라 부른 이것이 얼마나 많은 방식으로 나타나는지!

하지만 이는 그저 욕망으로만 남게 되었다. 처음에 코무네는 오래된 그 건물을 개축해주기로 약속했지만, 나중에 가서는 브로치와 피아제 주민들이 도서관으로 할 수 있는 게 무엇이겠냐면서 차라리 그들에게 필요한 건 멋진 슈퍼마켓이 아니겠냐는 결론에 도달했기 때문이다.

어떤 식의 코무네 조직도 없는 상태에서, 문명의 존립은 어느 교회와 한 성직자에 의해 이루어졌는데, 돈 알레산드로 산토로라고 불리는 이 젊은 신부는 여기에 와서 단지 미사만 집전하고 떠나버린 게 아니었다. 본당 옆 조립식 건물에 사회센터 '일 무레토' 협회를 세운 그는, 거기에서 그를 돕는 자원봉사자들과 함께 집시와 불법체류자 아이들이나 노인들에게 읽기와 쓰기를 가르치고 있다. 이탈리아어를 가르치고, 헌옷이나 약간의 음식처럼 일차적으로 필요한 것을 아주 가난한 자들에게 제공하는 등 구체적인 도움을 주고, 마약 예방이나 특정 질병 예방, 세계지리와 지정학, 생태학 등 다양한 주제에 대한 토론회를 기획하고, 변두리 문제에 관한 정기 간행물 『또다른 도시』(「참고문헌」 참조)를 출판하는데, 수작업으로 인쇄되는 그 간행물은 모두 구매자 기부에 따라 판매되거나 배포된다. 『또다른 도시』에서는 일반적인 도시 언론매체에서 찾아볼 수 있는 것과는 약간 다른 주제에 대한 기사와 소식을 읽을 수 있는데, 이는 편집자들과 독자들이 패션의 고담과 엘튼 존의 안경에 관심을 기울이는 법을 아직 배우지 않았기 때문이기도 하다. 혹시라도 그런 기사들이었다면 피렌체 코무네가 돈 산토로 신부에게 그저 적당한 호감이나 갖게되었을지 누가 알겠는가? 만약 그가 『또다른 도시』에 패션의 고담에 바치는 조그만 기사를 하나 실었다면, 또한 자신의 변두리 지역도 혹시 순회전을 통해 록 스타 안경의 봄 색깔에 행복해질 것으로 기대했더라면, 코무네 당국과의 일부 마찰을 피할 수 있었을지 누가 알겠는가? 그런데 그 고집쟁이 신부는 계속해서 브로치 집시들, 소외된 사람들, 예전의 마약중

독자들, 쫓겨난 사람들, 게다가 주거 문제에 몰두했다. 이 때문에 정말 코무네 당국은 인내심을 잃고 말았다.

소위 '주거 문제' 발생은, 아마 다른 곳도 마찬가지이겠지만 피렌체에서도 임대되지 않은 집들이 상당히 많이 보인다는 사실인데, 코무네는 실소유주가 있든 없든 그 집들이 사용되지 않고 있으며, 집 없는 사람들이 집을 찾을 때나 빈번히 일어나듯 쫓겨난 자들이 있다는 게 확인될 때 그 집들을 사용할 수 있음을 알고 있었다. 몇 달 전 돈 산토로 신부는 딸이 있는 젊은이, 소위 미혼부未婚父를 자기 집에 받아들였는데, 아파트에서 쫓겨난 그는 어린 딸과 함께 다리 밑으로 가야 할 판국이었다. 그런데 자기 아파트의 다른 방은 돈 산토로 신부가 사회복귀를 위해 도와주고 있던 예전의 마약중독자 부부가 벌써 쓰고 있었기 때문에, 신부는 작은 난로 하나와 간이침대를 들고 자기 집 옆에 있는 에넬[31] 사의 작은 오두막으로 옮겨 그곳에 더할 나위 없이 잘 정착했다. 언론은 그의 사진을 찍고 관심을 기울였는데, 코무네는 명백하게 '모범적인' 그의 행동을 별로 좋아하지 않았고, 따라서 곧바로 그에 대한 조치를 취했다.

돈 산토로 신부의 집은 브로치 구역 서민 아파트들 가운데 하나로 일층이다. 말할 나위도 없이 건물 자체는 소박하기 이를 데 없는 아파트로, 비록 깨끗하게 잘 유지되고 있긴 하지만 수십 가구가 함께 거주하는 벌집 같은 곳이다. 이 아파트

---

31 Enel. '국립전기에너지법인Ente Nazionale per l'energia Elettrica'의 약자로 1992년부터는 주식회사로 운영되고 있다.

는 피렌체 코무네 소유로, 교구가 임대해 여기에 신부를 살게 했다. 피렌체 코무네는 돈 산토로 신부를 쫓아냈다. 아주 단순한 이유 때문이었다. 신부가 다른 사람들을 이 집에 살게 하고 나갔다면 이는 바로 자기네 아파트를 재임대했음을 의미하는데, 이는 법으로 금지되어 있다는 것이다.

법이란 때로 천재적인 아이디어를 허용한다. 그렇지만 코무네는 돈 산토로 신부를 쫓아내지 못했다. 신부는 영리하고 강력하게 방어할 줄 알았고, 많은 시민이 그의 편에 섰으며, 피렌체 교구는 그렇게 법에 충실한 코무네 당국의 지나치게 정통적인 법 준수는 우스꽝스러운 짓이 될 수 있음을 깨우치게 해준 것 같다.

17
크라스니크 가족

헐벗은 땅 위로 바람에 휩쓸린 나뭇잎들이 초라한 연처럼 흩날린다. 어떤 도시청소회사도 수거하려고 들지 않는 쓰레기 더미들이, 참호전의 방호벽처럼 두 갈래로 갈라지는 길을 따라 길게 쌓여 있다. 왼쪽에는 막사들이 피렌체 쪽으로 늘어서 있고, 오른쪽에는 망가진 캠핑카 서너 대와 막사 두 채가 있는데, 그중 하나에 내가 잘 아는 크라스니크 가족이 살고 있다. 그곳으로 류바를 데려간다. 그 사람들하고는 몇 년 전부터 알고 지낸 사이다. 가장은 내 또래인데, 모습은 내 아버지 뻘이라고 할 수 있을 정도다. 그는 당뇨병을 앓고 있다. 물론 여기서는 어떤 의료 지원도 받을 수 없다. 왜냐하면 그는 '존재하지 않는 사람'이기 때문이다. 유고슬라비아에서 여기까지 오는 기나긴 여정에서 독일 땅에 머물 때 구한 독일 약들로 그는 병을 달래고 있다. 내가 그를 처음 알았을 때 그 약들 중 일부는 유효기간이 지나 있었고, 또한 일부 약 중에서 어떤 건 혈당을 낮추고 또 어떤 건 높이는 약이라서 의사의 통제 없이 자의로 사용했다가는 서로 반대되는 효력을 낸다는 사실을 알게 되었는데, '소수민족보호협회'와 '산테지디오 공동체'[32]가 찾아낸 자원봉사 의사 두 명 덕에 그의 당뇨성 혼수상태를 막아낼 수 있었다. 자원봉사 의사는 이제 더이상 오지 않지만, 늙은 크라스니크는 합리적 용량의 인슐린과 다른 약들로 연명해나가고 있다.

친절한 그의 아내는 조그만 얼굴에 크고 생생한 검은 눈을 갖고 있다. 자식은 여덟인데, 맏아들은 스물다섯, 막내는 여덟 살이다. 어머니는 마흔 살이다. 재난에서 가족을 구한 사람이 그녀다. 유고슬라비아에서 처음 도착했을 때 그들은 올마텔로 수용소에서 살았다. 적어도 그곳에는 잠잘 수 있는 컨테이너와 앞서 묘사한 '편의시설'이 있었다. 하지만 도시의 마약상들은 나중에 그 수용소에서 장차 소매 밀거래자가 될 편리한 노예들을 찾아냈다. 실제로 올마텔로 주민들은 마약으로 완전히 황폐화되었고, 대다수가 솔리차노 감옥에 있다.[33] 그런 재난이 진행되던 서너 해 동안 환대 수용소에 출입하던 정체불명의 사람들에 대해 누구도 제대로 낌새를 채지 못했던 것 같다. 그러던 어느 날 경찰이 일제 검거를 했는

32 Comunità di Sant'Egidio. 1968년 이탈리아에서 복음 전파와 기도를 목적으로 창립된 평신도 단체로 가난한 자들의 후원을 비롯하여 에이즈 퇴치운동, 국제평화를 위한 다양한 활동을 펼치고 있다. 에지디오 성인(650?~710?, 라틴어 이름은 아이기디우스Aegidius)이 프랑스 남부 아를 근처에 수도원을 세웠다.
33 감옥은 피렌체 남서쪽 구역에 있으며 1983년에 세워졌다.

데, 당시 젊은이들 대부분은 이미 망가져 있는 상태였다. 이는 제임스 조이스의 '현현顯現'[34]을 상기시킨다. 그러니까 경찰이 어느 날 갑작스러운 계시를 통해 그동안 알지 못했던 악을 발견한 것이다. 수용소의 모든 주민이 두려워하고 존경했으며 벤츠 자동차와 캠핑카를 가진 부자 슬라브 마약상은 불행히도 검거 전날 자기 자동차와 함께 자취를 감추고 말았다. 그 역시 조이스의 '현현'을 경험했을지 누가 알겠는가!

하지만 현명하고 친절한 여인, 늙은 크라스니크의 아내는, 수용소를 통제해야 했던 사람과는 정반대로, 어떤 일이 벌어지고 있는지 알아채고 있었다. 위험에 처한 자식들을 위한 유일한 보호책은 피렌체 코무네가 너그럽게 제공한 '편의시설'을 포기하고, 냄비 서너 개와 옷가지를 들고 가족과 함께 이곳으로, 어느 칸초네[35]가 노래하듯 "창공이 반사되는 은빛 아르노 강" 옆으로 와서, 쥐들과 렙토스피라[36]에 노출되는 것이었다. "그래 봤자 상황은 똑같아요." 그녀가 철학적으로 말했다.

아들들과 딸들은 착하고 순종적이며 섬세하다. 제일 위의 둘은 문맹인데, 이 변두리에서 제대로 돌아가는 유일한 지원 기구인 돈 알레산드로 산토로 신부의 '사회센터' 덕에 글을 배우려고 노력하는 중이며, 이른 오후가 되면 어린 동생들을 데리고 무리를 지어 그곳으로 간다. 그들에게 허용된 유

---

34 일상적이고 평범한 것에서 어떤 초월적이고 영원한 것을 느끼거나 통찰하는 것을 뜻하는 조이스의 미학 개념.
35 대중가수 클라우디오 빌라(Claudio Villa, 1926~1987)가 노래한 〈피렌체, 오늘 밤 너는 아름답구나Firenze stanotte sei bella〉를 가리킨다.
36 매독균의 일종인 실 모양의 나선균.

일한 생존수단을 위해, 즉 식당에서 장미를 팔기 위해, 도시로 가기 전 소심하고 부끄러운 표정으로 마치 소풍 가듯 간다.

그들은 불법행위를 한 적이 전혀 없다. 딱 한 번 크리스마스 때 어머니가 경찰에 연행되었는데, 당시 몇 살 안 된 아기와 함께 신호등 앞에서 구걸을 했기 때문이다. 미성년자 노동착취 혐의로 경찰서에 연행된 것이다. 아기가 이틀 전부터 먹지 못했다고 밝히자, 가끔 착한 마음을 먹기도 하는 경찰은 그녀를 감금하지 않았다. 그러나 '착취'는 검찰에 고발되었고, 판사는 한 번에 십만 리라씩 할부로 내야 하는 벌금 삼백만 리라를 그녀에게 선고했다.

최근 코소보에서 그들의 사촌(집시들은 모두 사촌이며 아주 방대한 친척 관계를 맺고 있다) 한 명이 아내와 아이들을 데리고 함께 왔는데, 세르비아 군대를 위해 총을 잡기를 거부했던 것이다. 그는 건실한 젊은이였으니 훌륭한 군인이 될 수도 있었을 것이다. 분명 대단한 애국심 같은 건 없었던 그가 이를 솔직히 털어놓는다. 우리에게 이렇게 말한다. "친구들, 내가 집시인데, 그까짓 깃발 때문에 싸워야겠습니까?"

약간 저쪽으로, 덤불숲과 깨진 돌들 사이로 조그맣게 위장된 거처 두어 개가 있는데, 마치 버섯처럼 갑자기 솟아나 있었다. 며칠 전만 해도 없었던 것이다. 거기에는 사촌의 사촌들이 있는데, 모두 코소보 사람들이며, 세르비아가 코소보의 알바니아 동족을 향해 쏘도록 총으로 무장시키려 했던 사람들이다. "나는 살고 싶어요!" 그중 하나가 마약퇴치 캠페인의 슬로건이던 이탈리아 내무성의 공익광고를 흉내내며 냉소적으로 말한다. 한 소녀가 류바에게 터키식 커피를 가져다

주고 그녀의 팀버랜드 신발에 감탄하는 사이, 코소보 젊은이
가 덧붙여 묻는다. "사는 거요? 미국 부인, 이게 사는 겁니까?"

18
체림

체림은 열네 살인데, 어머니는 그에게 아직은 커피를 마실 나
이가 아니라며 막는다. "어른들 음료예요." 체념하듯 말하며
체림이 시내의 어느 바에서 가져온 게 분명한 설탕 봉지를 우
리와 자기 부모에게 나눠준다. 멋진 소년 체림은 심한 사팔
뜨기이며, 윗입술 위로 가벼운 수염이 나 있다. "체림, 수염을
길러야겠구나. 이제 그럴 필요가 있어." 내가 말한다. "엄마
가 못 기르게 해요." 체림이 친절히 답한다. "열다섯 살이 넘
어야 기를 수 있대요." "그러면 장미가 덜 팔리는걸." 내가 말
한다. "너처럼 비뚤어진 눈에다 그런 콧수염으로는 장미 팔
기 어렵지. 이봐, 체림, 관광객들은 세련된 사람들이야. 르네
상스의 아름다움을 보려고 피렌체에 왔지, 너처럼 못생긴 소
년을 보러 온 게 아니라고." 체림이 웃으며 말한다. "타부키는
언제나 농담을 하려고 하는군요." 체림은 타부키라는 삼인칭
으로 나를 지칭하며 말한다. "타부키, 어떻게 지내요?" "타부
키, 뭐 했어요?" 내가 가면 언제나 이렇게 묻는다. 그러면 나
는 답한다. "내 동생을 말하는 거야?" "아니요." 체림은 늘 이
렇게 답한다. "타부키, 타부키를 말하는 거예요." "그렇다면
나는 타부키 복제품이구나." 나도 고집스럽게 응수한다. 그
렇게 우리의 대화는 농담으로 진행된다.

19
누가 이야기할래?

이 사람들에게, 공연한 말이지만 어떤 시민적, 정치적, 행정적 기관도 관심을 쏟지 않는다. 그토록 환대를 선언해놓고도 이들의 존재를 깨닫지 못하고 있던 도시가 르네상스의 도시다. 아니, (나중에 말하겠지만) 실제로 이곳에 필요한 위생시설조차 없다는 사실을 알고 있었으면서도, 너무나 명백해 보일 정도로 데카르트적 논리에 따라 일을 처리했던 도시다. 위생시설을 만드는 대신(이것이 그 논리에 속하지는 않으니까), 틀림없이 위생을 존중하는 사람인 보건사회안전부 평의원이 선언했듯, 그 '불법체류자들'을 멀리 보내버릴 의도를 표했던 것이다. 그러나 위생 문제이니만큼 바로 그 '불법체류자들'의 이야기를 듣는 것이 좋을 것이다. "자, 여러분이 이야기해봐요." 나는 그들 가족에게 말한다. 그들은 자기들 언어로 논의한다. 아버지는 이탈리아어를 모른다. 아니면 모르는 척하는지도 나로서는 전혀 알 수 없다. 어머니의 이탈리아어는 서툴다. 그러니 체림 몫이다. 그의 이야기는 이렇다.

20
체림은 이야기하기 시작하지만 슬프다

"그러니까 내가 말했잖아요…… 간단히 말해, 타부키, 꼭 내가 이야기해야 해요? ……당신 친구가 이야기에 관심 있어요? ……작년에 내 형은 어느 아가씨를 사랑했어요. (웃음) ……젊은이가 아가씨를 사랑하는 건 당연해요. 안 그래요, 타부키? (웃음) ……그런데 아가씨는 '가제' 아니 '슈퍼 가제'였어요. 그러니까 피렌체 출신요…… 예뻐요! ……아니, 그보다는…… 아니에요! ……그러니까 예뻐요, 그래요…… 한데 아가씨가 형보다 더 사랑에 빠졌어요. (웃음) ……하지만 형도 뭐…… 그러다가 그녀가 임신을 했어요. 그녀는 이 도시인지 그 근처인지에 있는 좋은 집안 출신이에요. 아버지는 의사인데, 수의사인지 그냥 의사인지 모르지만, 어쨌든 의사예요…… 그런데 그녀 말로는 아빠가 나쁜 사람이래요. 불쌍한 그녀는 못된 아빠 집에서 살기 싫었대요. 엄마가 정신병원에 있었는데, 아빠가 똑같이 나쁜 딴 여자와 재혼을 해버렸거든요. 나쁜 새엄마는 어린 동생을 낳는데, 동생만 좋아하고 그녀는 좋아하지 않았어요. 적어도 그녀 말로는 그래요…… 불쌍한 그녀는 집에서 나왔고, 피렌체 시내에서 자기 집안처럼 우아한 바에서 일했는데, 거기서 형을 알고, 사랑하고, 임신도 했지요…… 그래서 여기 이 수용소에서 함께 살려고 온 거예요…… 한데 타부키, 당신이 나보다 더 잘 알걸요…… 왜 당신은 얘기 안 해요? ……그래요 ……안 하면 제가 계속할게요…… 그녀는 여기 수용소에 살러 왔고, 우리와 함께 있기로 맘먹었죠. 그러니까, 미국 부인, 생각해보세요. 잘 아실 테니까. 피렌체의 우아한 바에서, 돈 있는 관광객들, 가짜가 아니라 진짜 관광객들이 가는 바에서 출납원으로 일하는 '가제' 아가씨가 이 똥 같은 수용소에서, 친구들이 선물한 캠핑카에서 살려고 왔다니까요…… 타부키가 잘 알다시피…… 그런데 태어난 형 아기가 아주 작았어요. 예정일보다 두 달 먼저 미숙아로 태어났거든요. 8월이 되기 직전이었고, 아주 더웠어요. 이제 더는 얘기하고 싶지 않아요…… 그러니까 조금 서글퍼요. 정말로, 타부키, 나는 슬퍼요……"

21
타부키가 계속한다

내가 말한다. "8월 초였어요. 숨이 막힐 정도로 더웠지요. 여기는 전기가 없어요. 코무네가 공급해주지 않았으니까요. 공동 수도관이 있지만 수도꼭지가 하나뿐이에요. 그리고 류바, 당신이 보는 이 모든 사람은, 여기 정착한 사람이든 다른 곳의 '불법체류자'이든, 이 수도관에서 물을 공급받아요. 어린아이는 아기 같지 않고 말라버린 사과 같았어요. 조숙한 아기들이 그렇듯 태아의 얼굴이면서 동시에 아주 나이 많은 얼굴이었죠.

여기서 내가 관습에 따라 율리아넬라라고 부르고 싶은 그 아가씨는 아기를 낳고 나면 이 수용소로 오기로 결정했어요. 물론 나랑 다른 친구들이 말렸지만, 그녀가 충고를 들으려고 하지 않았어요. 최소한 겉보기에는 의지가 강한 아가씨더군요. 나는 이 가족을 몇 년 전부터 알고 있었어요. 하지만 아가씨는 아기를 낳으려고 할 무렵에야 이 가족을 알았지요. 내게 이야기한 바에 따르면 시내에서 방 하나와 부대시설이 딸린 조그만 아파트에 살고 있었는데, 체림이 말했다시피 못된 자기 가족을 떠나려고 결심했을 때 찾아낸 곳이었어요. 내 기억이 옳다면 그 아파트는 월세가 칠십만 리라였는데, 월수입이 이백만 리라 조금 못 미쳤으니 편안히 살 수 있었겠지요. 하지만 그곳을 떠나려고 선택한 이유는 충분히 이해할 만했어요. 왜냐하면 베이비시터를 둘 수 없는 건 분명한데, 그녀가 일하는 시내 중심가 바는 밤늦게 문을 닫았고 교대로 야간근무까지 해야 했으니, 어린아이를 혼자 놔둘 수는 없었던 거예요. 그런데 그녀가 '내 시어머니'라고 부르는, 또 언제나 애정을 담아 그녀를 대하는 아기 아빠의 어머니가, 그녀가 없는 동안 그 아기를 돌봐줄 수 있었지요. 나와 다른 친구들은 그녀가 이런 선택을 함으로써 직면하게 될 실질적인 어려움들, 가령 숙소의 불편함이라든가 위생시설이 거의 없는 것, 당신이 가늠할 수 있는 모든 문제를 이해시키려고 노력했어요. 하지만 그런 건 알려고 하지 않더군요. 그리고 크라스니크 가족이 가진 건 전혀 없어도 그녀에게 할 수 있는 모든 걸 다 마련해주었다는 점을 말해야겠어요. 그러니까 여섯 명이 잠자던 저 캠핑카를 내주었는데, 얼마 전 어린아이가 촛불을 쓰러뜨리는 바람에 화재가 나서 다 불타고 보다시피 지금은 뼈대만 남아 있어요. 그러니까 당시에는 멋지고 안락하고 새것이었던 캠핑카는 크라스니크 가족의 친구들이 선물한 것이었는데, 그 '젊은 부부'가 이걸 사용하도록 해주었지요. 그렇게 해서 체림이 이야기한 대로 7월 말이 됐어요. 나는 휴가를 떠나려던 참이었지요. 어느 날 오후 전화를 받았는데(당신도 봤겠지만 큰길 옆에 공중전화 박스가 있어요) 크라스니크 가족 중 막내가 절망적이라고 할 정도로 놀라서 내게 도움을 요청하더군요. 무슨 일이 벌어졌는지 물었어요. 시 경찰들이 와서 수도꼭지를 납땜질해 막아버렸다고 하더군요. 왜냐고요? 단순해요. 수도 요금을 내지 않았기 때문이랍니다. 그건 당연하지요. 수도관은 코무네 소유로 어떤 한 사용자의 것이 아닌 공용이라서, 그들은 몇 년 전부터 늘 그 수돗물을 사용해왔거든요. 내가 시장과 통화하려고 해봤지만 쉽지 않았어요. '이미지 큐레이터'라는 직책에 있는 누군가와 이야기했는데, 그 사람이 공공업무까지 처리하는 듯했어요. 그가 보고를 올리겠다고 약속하더군요. 나야 기다릴 수밖에 없었지요. 이틀이 지났어요. 반복해서 말하지만 피렌체 온도가 거의 삼십팔 도였어요. 수용소 집시들에게 가장 가까운 수돗물은 대략 이 킬로미터 떨어진 피아제 거리 너머에 있었는데, 수용소 전 가족이 물통을 들고 그곳으로 갔습니다. 나는 다시 통화를 시도했어요. 최소한 시장이나 그 문제를 해결할 만한 당국과 약속을 잡기 위해서 말입니다. 내 앞에 있는 회피의 장벽 앞에서 이조차도 불가능하더군요.

이제 시 당국보다 위에 있는 인물들에게 알리는 수밖에 없었고, 그래서 나는 시장, 피렌체 대주교 실바노 피오바넬리 추기경, 공화국 대통령, 내무성 장관, 국제사면위원회 이탈리아 지부장, 그리고 전국 신문의 지역소식란을 보여주는 『라레푸블리카-피렌체』에 정중히 전보를 보냈습니다. 8월 1일자 신문에 부분적으로 기사가 실렸어요. 같은 날 오후 시장이 집으로 전화를 했더군요. 인물에 걸맞게 점잖은 전화였어요. 물론 시장은 불합리한 이 상황을 해결할 준비가 되어 있긴 했지만, 그 책임을 누구에게 돌려야 할지, 그러니까 시 경찰에게 돌려야 할지 아니면 수도관리자에게 돌려야 할지 몰라 했고, 내가 보기에 모든 상황이 어떻게 돌아가는지 잘 모르고 있는 것 같았어요. 공동 수도가 있는 정확한 위치를 묻더니, 내가 설명하는 곳을 알아들을 만한 직원에게 전해달라고 하더군요. 그러고는 내선으로 돌려줬습니다.

그날 내가 누구와 통화했는지는 잘 모르겠어요. 왜냐하면 그 당시 나와 이야기한 사람에게 신분을 알려달라고 요구할 생각을 미처 못 했거든요. 친절하고 열성적인 여자 목소리였는데, 그곳에 가는 데 필요한 모든 사항을 말해주었더니, 그녀는 이 달갑지 않은 상황으로 가장 큰 피해를 입은, 어린애가 있는 이 가족의 이름을 물었어요. '크라스니크 가족입니다.' 내가 순진하게 대답했지요. 이탈리아에 있으나 체류허가증이 만료된 외국인들의 이름을 말할 때에는 신중을 기해야 한다는 사실을 잊고 말입니다.

다음날 상황은 해결됐어요. (왜 땡질을 한 경찰들에게 안 맡겼는지 그거야 알 수 없지만) 코무네는 돈 산토로 신부에게 납땜한 수도관을 개봉할 수 있는 권한을 부여했고, 나는 평온하게 포르투갈로 휴가를 떠났지요. 8월 초순이었어요. 이틀 후 리스본으로 크라스니크 젊은이가 정말로 절망적인 전화를 했지만, 동전이 부족해서 중간에 끊겼어요. 정말로 예상치 못한 사건을 전했는데, 그 정확한 정보는 저녁에 알게 되었지요. 많은 가족이 사는 수용소로 경찰이 크라스니크 가족의 남자 구성원들에 대한 추방영장을 갖고 왔답니다. 마치 오래전부터 알고 있었던 듯 그들을 아주 잘 아는 것 같았대요. 그 구역에는 다양한 집시 가족들이 있고, 가족마다 이름이 있지요. 하지만 이상하게도 경찰은 바로 크라스니크 가족에게 갔대요. 그리고 떠나면서 농담하러 온 게 아니라는 걸 분명히 알려주려는 듯 눈에 보이는 방문 증거를 남겼지요.

체림, 네가 이어서 이야기할래?"

그리고 이야기는 계속된다

아니다. 체림은 정말로 이야기하고 싶어하지 않는다. 솔직히
말하면 나도 더이상 하기 싫다. 하지만 이 상황을 살피기 위
해 부러 여기까지 온 류바가 있다. 이미 상황을 알고 있는 나
도 이 이야기를 하려고 부러 온 것이니, 이것이 나의 임무다.

　"대략적으로 이야기할게요, 류바. 며칠 뒤에 나는 크라스
니크 가족에게 부탁해서 팩스로 종이 두 장을 받았는데, 거
기에 경찰의 수용소 '방문' 이야기가 요약되어 적혀 있더군요.
팩스는 율리아넬라가 피렌체 어느 문방구에서 자필로 써보
냈던 거고요. 크라스니크 가족 남자들은 가능한 한 노출되지
않으려고 노력해왔고, 집시들은 이런 기술에 아주 숙달이 돼
있어요. 몇 세기 전부터 익숙한 일이었으니까요. 그렇게 여름
이 지나갔고, 피렌체로 돌아간 나는 상황이 이전과 똑같다는
걸 발견했어요. 간단히 말할게요. 율리아넬라는 남자친구와
결혼하고 싶다는 욕망을 고통스럽게 표명했어요. 비록 쉽지
않았지만 우리는 합법적 범주에서 그들을 도와주려고 온갖
노력을 다했어요. 심지어 난 외무성 직원과도 대화를 시도해
봤고요. 크라스니크 젊은이가 자신의 출생지인 옛 유고슬라
비아 시 당국의 출생증명서와, 이탈리아에서 그의 입장을 정
당화해줄 만한 서류, 사흘이 멀다 하고 전화를 해오거나 우리
집 초인종을 누르던 사랑하는 율리아넬라와 결혼하는 데 필
요한 서류를 받을 수 있도록 말입니다. 이 상황을 법적으로
해결하기 위한 또다른 가능성은, 아기가 자기 딸임을 크라스
니크 젊은이가 인정하는 것으로, 이렇게 한다면야 체류증과

함께 결혼 관련 서류를 받는 게 쉬웠을 겁니다. 하지만 율리아넬라가 이 일에 기를 쓰고 반대했는데, 완전히 근거 없는 이유는 아니었어요. 만약 집시가 아이를 자기 딸로 인정하고 또 계속 그곳에 살게 된다면, 코무네는 조사단을 파견해 명백한 사회보건 이유로 아기를 빼앗아 복지시설이나 다른 가정에 보낼 수도 있다는 겁니다. 그리고 앞서 말했듯 피렌체 코무네는 사회보건 문제에 엄청난 관심을 기울이고 있지요. 게다가 율리아넬라 자신이 바로 어머니가 정신병이 있어 사회복지시설에 내맡겨지는 바람에 불행한 유년기를 보냈다고 주장하면서, 자기 딸이 똑같은 운명을 겪게 할 수는 없다고 했어요. 이것이 사실인지 거짓인지는 확인할 수 없지만, 율리아넬라는 나뿐만 아니라 브로치 수용소 공동체를 돕는 모든 이에게 그렇게 말했지요.

나머지 이야기는 생각했던 것보다 불행합니다. 어린아이가 쓰러뜨린 촛불 때문에 캠핑카가 불탔고, 동시에 그 사람들의 존재를 증명해줄 몇 가지 개인 서류도 불탔고, 노인들과 어린이들이 잠자던 막사도 화재로 피해를 입었고, 그래서 도와주는 사람들이 구해준 재료로 지붕을 다시 올릴 때까지 크라스니크 가족이 야외에서 밤을 보내야 했으니까요. 마지막으로 놀라운 일이 있었어요. 얼마 후에 수용소로 돌아가보니, 율리아넬라가 더이상 없지 뭡니까. 아기와 함께 떠나버린 거죠. 크라스니크 젊은이는 절망에 빠졌어요. 연인과 어린 딸은 어디에 있을까요? 허공으로 사라졌지요. 1998년 7월 5일 『라 레푸블리카-피렌체』에 지역 저널리스트 클라우디아 푸사니가 눈물겨운 이야기 하나를 올렸는데, 이름은 바꼈지만 율리아넬라임을 완벽히 알아볼 수 있는 불쌍한 아가씨 이야기로, 신문 연재소설처럼 집시들의 폭력과 사악함으로 깨져버린 엄청난 사랑에 대한 이야기였어요. 폭력으로 끝난 사랑 이야기. 기사 제목은 그랬어요. 납치, 구타, 온갖 종류의 폭력, 부당한 횡령, 게다가 어린 딸을 볼모로 잡고 심지어 팔아버리겠다고 협박했답니다. 마치 옛날 좋은 가문의 집에서 집시에 대한 두려움으로 잠들도록 하녀들이 들려주던 이야기 같았어요. 며칠 뒤 같은 저널리스트 이름으로 똑같은 이야기가 보다 세부적인 사항들과 함께 실렸어요. 깨어진 꿈.(『라 레푸블리카-피렌체』, 1998년 7월 11일) 그리고 충분히 예상할 수 있듯 이와 동시에 피렌체 경찰서에 심각한 비난과 더불어 고발장이 접수되었어요. 크라스니크 젊은이는 긴급체포되어 솔리차노 감옥에 갇힌 채 누구와도 소통할 수 없는 상태로 두 달 이상을 거기서 지내야 했어요. 예전의 연인은 크라스니크 가족의 '복수'가 절대 닿을 수 없는 곳에 안전하게 있다더군요. 이 이야기 뒤에 무엇이 있는지 지금으로서는 말할 수 없습니다. 딸이 태어났을 때에도 나타나지 않던 자기 아버지와 새어머니에 대해 분노를 표하며 자신을 받아들여준 크라스니크 가족의 애정에 대해 그토록 칭찬했던 사람이, 바로 지금 그런 치욕적인 비난을 쏘아대는 사람이라고는 생각하기 어려우니까요. 마찬가지로 내가 낮에 보았던 페네의 '사랑하는 사람들' 발렌티노와 발렌티나의 사랑[37]이, 밤 동안에는

---

37 프랑스 일러스트레이터 레몽 페네는 주로 '연인'을 테마로 그렸는데, 어느 시인과 그의 연인을 소재로 하는 연작 〈사랑하는 사람들〉(1942)로 유명하다. 이탈리아에는 '발렌티노와 발렌티나'로 널리 알려져 있는 연작으로, 이 이름은 연인들의 사랑과 관련되는 발렌티누스(이탈리아어 이름은 발렌티노) 성인에서 유래했다.

캠핑카 안에서 신문에 묘사된 어두운 폭력으로 변했다고 생각하기도 어렵고요. 현실이란 놀라운 것이기 때문에 모든 것이 가능하지요. 지킬 박사와 하이드가 존재하고, 마찬가지로 심리적으로 불안한 사람들, 정신분석학이 다루는 아주 내밀한 원한들, 판사들이 다루는 진짜 폭력들이 존재하지요. 크라스니크 가족은 최소한 두 달 전부터 똑같은 속옷을 입고 감옥에 있던 아들에게 갈아입을 옷도 가져갈 수 없어요. 불행히 '소수민족보호협회'는 지금까지 설명도 듣지 못하고 자체 변호사를 동원하지도 못한 것 같아요. 물론 내가 듣기로는 용감한 자원봉사 변호사 두세 명에게만 의존할 수밖에 없어서, 그들이 아주 다양한 이유로 감옥에 갇힌 집시 팔백 명을 돌봐야 하기 때문이라고도 합니다. 내가 깊이 존경하는 그 소수의 몇 사람이 아무리 용기 있고 확고하다 해도, 피렌체처럼 귀머거리에다 무엇도 뚫고 들어올 수 없는 도시에서라면 그런 협회는 무산되고 말 수도 있겠지요. 오로지 피렌체와 이탈리아를 부끄럽게 만들 요란하고 도발적인 행위로서 말입니다. 만약 그런 게 요즈음에도 통하는 동전 같은 것이라면 말이오. 하지만 우리가 부끄러워해야 하는 것을 다른 사람들이 부끄러워하도록 만드는 것에 대해 우리 모두가 부끄러워해야 한다는 걸 아무도 모릅니다. 마치 우리가 느끼는 부끄러움이 유통이 안 되는 동전, 그러니까 옛날 거라서 단지 동전 수집기에게나 좋은 동전일 뿐이듯 말입니다.

　이야기 끝.”

23

패션디자이너들이 예술을 능가할 때

스가르비[38]의 낙관: 패션디자이너들이 예술을 능가한다. 아름다운 엘레오노레를 껴안고, 비평가는 흥분하여 이 시대의 심미주의자들을 찬양한다.

점박이 무늬 치마에 피부색 코르셋 차림의 금발 엘레오노레의 팔짱을 끼고, 비토리오 스가르비는 패션계의 전문가로서 비엔날레를 보러 왔고, 벌써 전시장 몇 군데를 방문했다. 곧이어 숱한 논쟁을 모은 비평가가 망설임 없이 분명히 피렌체가 승리했다고 선언했다. 스가르비는 말했다. "베네치아 비엔날레가 백년이 된 반면, 이 피렌체 비엔날레가 이제 첫 해라는 게 정말로 특수한 거죠. 아이디어도 대단하고, 레오폴다 역[39]에서 시도된 실험도 정말 열광적입니다. 거기서 디자이너들과 예술가들 사이의 경쟁과 창의력을 느낄 수 있습니다." 스가르비는 의심하지 않는다. "디자이너들의 승리이자, 거리 미학의 승리입니다." '새로운 인물/새로운 우주'[40]를 위한 레오폴다 역 프로젝트 위상은 절대적이다. 새삼스러운 일도 아니다. 스가르비는 계속해서 말했다. "금세기의 패션은 예술을 능가했습니다." 단눈치오 이후, 간단히 말해 아르마니와 카푸치의 옷이 구투

38 Vittorio Sgarbi(1952~). 이탈리아의 예술비평가이며 정치가, 텔레비전 진행자로 유명하며, 하원의원에 선출되기도 했다.
39 피렌체 시내에서 가까운 역으로 각종 회의와 전시회 등을 위한 시설로 유명하다. 현재 피렌체 포르타 알 프라토 역으로 이름이 바뀌었다.
40 New Persona/New Universe. 제1회 피렌체 비엔날레 당시 레오폴다 역에서 열린 전시회의 주제.

소의 작품보다 더 가치 있고……(『라 나치오네』, 1996년 9월 23일』)[41]

24
위대한 축제

피렌체는 축제중이다. 최대한 멋진 모습을 뽐내고 있다. 신문들에서 떠들듯 자기 문화의 가장 멋진 이미지를 세계에 자랑하고 있다.

정상[42]의 축제 시작. 어제 우피치 광장에서 만찬. 환영합니다, 유럽.

경이로운 일주일이 시작되었다. 첫 일정은 오늘 네시 삼십분 시뇨리아 광장에서 호아킨 코르테스[43]의 공연이다. 그렇게 각종 축제와 전시회, 공연으로 이루어진 이 특별한 유럽 이벤트가 시작된다. 금요일 저녁 보볼리 정원[44]에서 열리는 마조 합창단[45]과 오케스트라의 연주는 황홀한 순간이 될 것이다. 비록 소수, 선택된 극소수를 위한 것이지만, 위대한 수준의 한 주가 될 것이다. 어제저녁에도 우피치 광

41 가브리엘레 단눈치오(Gabriele D'Annunzio, 1863~1938)는 이탈리아의 대표적인 데카당스 작가이며, 조르조 아르마니(Giorgio Armani, 1934~)와 로베르토 카푸치(Roberto Capucci, 1930~)는 패션디자이너들이고, 레나토 구투소(Renato Guttuso, 1912~1987)는 반파시스트로 활동한 이탈리아 화가다.
42 1996년 6월 21~22일 피렌체에서 유럽연합과 관련된 유럽 국가들의 정상회담이 개최되었다.
43 Joaquín Cortés(1969~). 스페인 출신의 발레리노.
44 15세기 말 루카 피티가 세운 대규모 저택 팔라초 피티에 있는 아름다운 정원.
45 1933년 창립된 피렌체 합창단.

장에서 화려한 불빛과 축제가 있었고, 새로운 바닥 포장을 축하하기 위한 귀빈 만찬이 있었다. 유럽의 수도에서 맞는 일주일이다. 어쩌면 조금 더 나아가볼 수도 있다. 만약 기대하던 바대로 이 정상회담에서 유럽연합의 큰 문제들, 가령 리라 화폐, 국내 및 국제 안전, 동유럽의 압력과 점령, 지중해 연안의 현실에 대한 해결책이 나온다면 말이다. 그렇게 되지 않는다 해도, 만약 정상회담이 영국과 영국의 '광우병' 문제에 집중된다 하더라도, 그래도 여전히 역사적 약속으로 남을 것이다. 어쨌든 피렌체는 유럽을 환대할 것이고, 회원국으로 받아들여지기 전까지는 아직 대기 명단에서 조금 기다려야 하는 나라들을 환대할 것이며, 유럽 모든 곳에서 온 구경꾼들을 환영할 것이다. 과연 위대한 주제들이다. 피렌체 주위에는 온통 고유의 조직, 고유의 믿을 수 없는 아름다움, 고유의 유연함, 고유의 수많은 문화적이고 세속적인 약속이 함께한다. 모두 참 중요한 요소다. 마침내 팔라초 스트로치[46]가, 비록 어떤 상태인지는 모르겠지만, 보기 싫고 오래된 울타리를 허물고 다시 문을 열었다. 결국 팔라초 피티 광장이 마무리되었고, 결국 우려했던 대로 우피치는 아직 마무리되지 않았지만 밀어붙여 진행시켰다. 건축학적으로 자유방임 상태에 있는데도 말이다. 옛 천장들을 석고보드와 주방용 플라스틱 조명 장식으로 뒤덮은 미학의 마법사가 누구였는지 말하기는 어렵지만, 불행히도 이것 역시 마무리되었다. 그리고 위대한 전시회들, 위대한 만남들, 위대한 문화 경연들, 귀족 저택에서의 위대

---

46 15세기 말에 스트로치 가문이 지은, 피렌체 중심지의 대규모 저택.

한 약속들이 있는데, 이를테면 시민적이고 문화적인 이 도시의 핵심 인물 중 하나인 보나 후작 부인이 주최한 프레스코발디[47] 저택의 연회가 그렇다. 피렌체는 일주일 동안만 수도이지만, 이 기간에 문화 세계의 귀부인으로서 고유의 위대한 자원을 재발견해낸다면 영원한 수도 피렌체가 될 수도 있다. 피렌체의 위대한 국제적 소명은······(『라 나치오네』, 1996년 6월 18일)

그렇다. 하지만 이는 몇 년 전 피렌체가 아직 잃어버린 자신의 르네상스를 재발견하지 않았을 때 일어난 일이다. 오늘 1998년 9월, 진정한 '르네상스'는 마침내 복원되었다. 패션 비엔날레 덕분에 재발견된 자신의 영광을 세계에 빛내고 있는 중인 것이다. 피렌체는 이를 자랑스럽게 여긴다. 왜냐하면 '세계'가 (말하자면 피렌체 신문들이) 피렌체에 주목하고 있기 때문이다. 위대한 패션 축제는, 루이 14세부터 합스부르크가에 이르기까지 위대한 유럽 궁전들의 전통에 따라 무도회로 시작했다. 그리고 지역신문들은 이 장엄한 이벤트에 합당한 지면을 할애하고 있다. 왜냐하면 마피아나 피자보다 이탈리아를 세계적으로 더 유명하게 만든 패션디자이너들과 그 추종자들이 탁월한 고유의 우아함으로 피렌체의 새 주인이 되었기 때문이다.

---

47 프레스코발디 후작 가문은 피렌체의 주요 귀족 가문 중 하나로, 지금도 넓은 영지에서 생산되는 고급 포도주로 유명하다. 보나 후작 부인은 다양한 활동으로 주목받고 있다.

패션과 영화에 대한 축제를 출발시킨 대규모 무도회의 경이로움. 신데렐라가 십억 리라치 크리스털을 선물하다.

자정 정각 신데렐라가 신발을 잃어버릴 때, 어제저녁 패션&영화 비엔날레를 출발시킨 팔라초 코르시니[48]의 대규모 무도회에 초대받은 거의 천 명에 가까운 손님들은 진짜 다이아몬드 바다에 뛰어들었다. 거의 십억 리라에 해당하는 오십만 달러 가치의 눈부신 스와로브스키[49] 크리스털 백 킬로그램 가운데 각자가 보석 상자에서 자신의 선물을 찾아냈다. 먼저 화려한 마차로 변한 산울타리에 둘러싸인 정원을 가로질러간 20세기폭스 사 남녀 배우들과 매니저들, 온갖 분야의 중요한 손님들, 특히 외국 손님들은 팔라초 일층에 차려진 주방에 갇혔다. 진짜 신데렐라의 부엌처럼 어두침침하고 그을음 가득한 주방의 각 방들에는 하나의 음식, 가난한 자들에게 어울리는 빵, 파스타, 수프, 완두콩, 리볼리타[50]가 배분되어 있었다. 그동안 위층에서는 황금빛 피렌체 가문들에서 선별된 쉰 명의 젊은이들이 이미 춤을 추고 있었다. 열한시 반이 되자 신데렐라는 거대한 촛불 샹들리에 두 개가 환히 비추고 있는 대형 무도회 홀을 지나 극도로 고급스러운 과자들이 차려진 이십 미터 크기의 탁자 쪽으로 자신의 왕자를 찾기 위해 달려갔다. 런던에서 온 디스크자키 두 명이 오케스트라와 교대로 새벽까

---

48 아르노 강가에 있는 코르시니 가문의 화려한 저택.
49 1895년 설립된 오스트리아의 고급 크리스털 제품 회사.
50 ribollita. '다시 끓이다'라는 뜻으로, 요리 후 남은 빵조각, 콩, 당근, 배추, 양파 등 야채를 넣고 폭폭 끓인 토스카나 지방의 수프.

지 손님들을 춤추게 하는 동안, 나쁜 의붓언니들로 변장한 사람들이 난입했다.

무도회라기보다는, 두 무대감독 라우라 사틴과 시몬 코스틴이 조직한 동화였다. 진짜 살아 있는 수많은 신데렐라가 나오는 동화였다. 도도한 안젤리카 휴스턴은 발렌티노를 입었다. 찬란한 드루 베리모어는 페라가모 의상, 불가리 보석에, 20세기폭스 영화사에서 그녀가 맡은 신데렐라를 위해 페라가모가 제작한 진주, 새틴, 크리스털로 만든 진짜 구두를 신었다. 아시아 아르젠토는 로렌스 스틸을 입었고, 루크레치아 란테 델라 로베레는 푸치를 입었다. 지젤 번천은 모스키노를 입었고, 나타샤 리처드슨은 남편 리암 니슨과 함께 알베르타 페레티의 신데렐라처럼 입었다. 완전히 밀어버린 머리로 입장한 스팅은 커다란 환호를 받았고, 베페 모데네세와 함께 긴 머리에 브릴리언트를 뿌리고 아주 투명한 진짜 제니 모델 의상을 걸친 에마뉘엘 세네르의 입장은 눈부셨다. 그리고 라우라 모란테, 클라우디아 제리니, 가수 비외르크, 허리까지 터진 미소니를 입은 조 챔퍼가 있었고, 앤서니의 아들, 아주 멋진 대니 퀸은 〈살쾡이〉[51]에서 클라우디아 카르디날레가 입었던 의상을 입은 라우라 비아조티의 딸의 기사였다. 구찌의 최고 경영자 도메니코 데솔레가 있었고, 한편 시장은 산탐브로조 시장市場 개축을 축하하는 만찬에 참석했다.(『라 레푸블리카-피렌체』, 1998년 9월 20일)

---

51 시칠리아 작가 람페두사의 동명 소설이 원작인 1963년 비스콘티 감독의 영화.

"이봐요, 류바." 나는 말한다. "당신 같은 인류학자는 신데렐라에서 프레이저의 『황금가지』에 이르기까지, 동화와 신화가 지닌 심오하고 상징적인 의미를 놓치지 않을 거라고 확신해요. 방금 읽어준 기사는 어제 신문에 나온 내용입니다. 하지만 만약 잘 이해할 수 있다면 사흘 전 신문으로도 당신 연구를 완성할 수 있을 거예요. 자, 여기 있어요."

코르시니 정원에서 선보일, 디자이너들의 추천서와도 같은 할리우드 스타들. 아르노 강가에서의 동화 같은 무도회.
패션&영화 비엔날레 개막 축제를 위한 무도회가 내일 저녁 팔라초 코르시니에서 열린다. 스크린에 나오는 유명한 이름들에 전율하는 사람은, 신데렐라를 다룬 최근 영화[52] 속 주인공들로서 페라가모 의상을 입은 젊은 드루 베리모어, 발렌티노를 입은 안젤리카 휴스턴, 잔 모로를 데려올, 20세기폭스 영화사를 떠올릴 것이다. 다른 배우들도 올 것이다. 일부는 자신을 보여주기 위해, 또 일부는 2000년의 신데렐라를 위해 창작한 디자이너들의 추천서 역할을 하기 위해. 발렌티노를 입은 신데렐라는 버팀 테를 넣은 스커트에 코르셋을 입고 회색과 장밋빛 망사를 걸칠 것이다. 라우라 비아조티의 신데렐라는 〈살쾡이〉에 나오는 여주인공 안젤리카에게서 영감을 얻을 것이다. 로메오 질리는 학수고대하던 영화 〈엘리자베스〉[53]의 여배우 케이트 블랜칫에게 커다란 외투로 둘러싸인 주름 장식의 잿빛 의상을 입힐

---

52 1998년에 개봉된 앤디 테넌트의 영화 〈에버애프터〉.
53 1998년에 개봉된 인도 영화감독 셰카르 카푸르의 작품.

것이다. 에마뉘엘 세네르는 제니를 위해 구름 같은 물결무
늬 망사에다 자개 같은 하얀 태피터를 입을 것이다. 로렌
스 스틸은 아시아 아르젠토를 꾸며줄 것이다. 크리치아는
망사, 금속 직물, 실리콘, 흑옥과 인조 보석으로 다이앤 레
인을 치장해줄 것이다. 트루사르디의 의상은 화려한 저녁
용으로 변신 가능한 리틀 블랙 드레스가 될 것이며, 페레티
는 버네사 레드그레이브의 딸로 남편 리암 니슨과 함께 올
나타샤 리처드슨의 의상을 책임질 것이다. 스티븐 잰슨은
매혹적인 모델 자케타 휠러를, 모스키노는 마네킹 같은 지
젤 번천을 꾸며줄 것이다. 돌체&가바나는 가난하지만 육
감적인 남부의 신데렐라를 위해 디자인했다. 그리고 페레,
갈리아노, 라거펠트, 커다란 경이로움을 약속하는 펜디, 베
르사체 등이 있다. 마차 모양의 산울타리와 함께 팔라초 코
르시니 정원에서, 훌륭한 리볼리타, 생쥐들, 스와로브스키
크리스털에 담긴 마법 지팡이가 있는 신데렐라의 부엌에
서.(『라 레푸블리카-피렌체』, 1998년 9월 18일)

25
신문들은 관찰을 하나,
그 신문들을 관찰하는 자가 있는 법

류바는 탐욕스러운 신문 독자다. 피렌체에 도착한 후부터 신
문 꾸러미를 모았다. 여름 막바지에 이르러 비가 내리기 시작
하는 지금, 9월 22일자 기사는 착수해야 하는 일에 앞서 벌써
부터 애석해하는 건 아닌지 미심쩍다.

시장의 낙관, 이탈리아 패션 고담의 축복, 빗속의 첫 행렬. 시장은 우리가 다시 수도라고 말한다. 비엔날레, 피렌체를 재출시하다. 이것은 단지 첫걸음일 뿐.

"일본 건축가 이소자키가 피렌체를 얼어붙은 도시라고 했다고요?" 시장은 외친다. "피렌체가 오랫동안 정체되어 있었다는 의미라면, 그건 우리가 늘 해왔던 이야기의 반복에 불과합니다. 우리 임무는 피렌체가 다시 나아가게 하는 겁니다. 비엔날레는 그 시작을 위한 첫걸음이에요." 그렇게 열광적인 마리오 프리미체리오[54] 시장과 함께 피렌체의 위대한 도전은 어제 결정적으로 시작되었다. 그것은 다른 모든 비엔날레와는 다른 비엔날레를 세계에 출시하는 도전이며, 시장 밖에 선 패션과 예술의 교차된 모험이다. 옛 걸작들과 결혼한 현대성의 눈부신 목욕재계는 만오천 평방미터에 이르는 전시장에서 구체화될 것이다. 영국 데이미언 허스트의 살아 있는 염소들과 함께 프라다 가방에서, 이소자키의 기하학적인 가설 정자에서, 예술가들과 디자이너들이 공존하는 벨베데레 요새에 이르기까지, 레오폴다 역에서 두 일본인 조각가 이와사키 나가토와 패션디자이너 야마모토 요지의 천재적인 만남, 우피치에서 발견할 수 있는 아르마니의 감쪽같은 개입, 피렌체 국립미술원에서 선보인 발렌티노의 선명한 빨간색, 메디치가 예배당에서 보이는 페레의 치마(버팀 테를 넣은)에 이르기까지. 박물관들, 레오폴다 역, 프라토에 있는 루이지페치현대예술센

54 Mario Primicerio(1940~). 학자이며 정치가로 피렌체 대학 물리학 교수를 역임했고, 1995년부터 1999년까지 피렌체 시장으로 있었다.

터, 팔라초 피티 내부에 있는 살라비안카 방 등 모든 것이 연관되어 있다. 모든 예술가와 디자이너를 위해 건축가 파브리치아 스카셀라티가 중세 연회들에서 영감받아 준비한 축하 만찬이 어제 팔라초 베키오에서 열린 후 수많은 전시회가 12월 15일까지 열린다. 피렌체가 더이상 박물관 도시가 아닌 살아 있는 도시임을 보여줄 비엔날레가 될 것이라고 프리미체리오 시장은 말한다. 그리고 비엔날레 부위원장이며 피렌체 저축은행 운영위원회 위원 비토리오 림보티는 예술을 훌륭하게 표현하는 젊은 디자이너를 위한 '피렌체 비엔날레' 상을 제정하자고 이미 제안한 바 있다. 만약 누군가 이 비엔날레에 대해 시비를 걸면, 프리미체리오 시장은 이렇게 결론을 내려버린다. "좋아요. 도발은 논쟁을 끌어내고 생각하도록 만드는 데 유용하지요."

피렌체에서는 패션이 현대 예술을 다시 출시하기 위해 활용하는 방법들에 대해 깜짝 놀라고, 논쟁하고, 생각하게 된다. 어제 오후에는 페라가모가 토르나부오니 거리를 거의 가로막을 정도로 가득 메우면서 팔라초 베키오 행사에서 칵테일파티로 이동했다. 선두에는 거대한 페레, 그 뒤에 마르타 마르초토, 미소니 부부, 크리스티앙 라크루아, 돌체&가바나, 카를 라거펠트 등이 예술과 패션의 고담에 함께했다. 처음에는 썩 내키지 않아 하던 자들까지 이제는 비엔날레가 위대한 지성과 전망의 선두 주자가 되었음을 확신하고 있었다.(『라 레푸블리카』, 1996년 9월 22일)

이 천재적인 이벤트에 거의 사십억 리라를 썼다. 하지만 류바는 여전히 모른다. 비용은 그녀가 떠난 뒤에야 신문에 공개될 것이다. 미국 신문 가판대에서 그 신문이 판매될 일도 틀림없이 없을 것이고, 앞으로 나올 신문들에서 피렌체 기사를 읽지 못했다고 해서 류바가 지난해 신문을 찾아볼 일도 없을 것이다. 그래서 지역신문이 제공하는 집시 이미지에 대해 그녀에게 자세히 알려주고 싶었는데, 이는 내가 그녀에게 선물한 야코포 바사니의 실증적인 학위논문 「종이 이주자. 1995년부터 현재까지 토스카나에 있는 집시들과 알바니아인들에 대한 신문의 인식과 서술의 비교 분석」 덕분에 가능했다.

　그 논문 심사가 최근 1998년 여름 학기 학위 시험 때 있었다. 논문은 서로 다른 성향의 세 일간지를 검토했는데, '좌파' 신문 『루니타』,[55] '보수' 신문 『라 나치오네』, '자유주의' 신문 『라 레푸블리카』였다. 기호학적 성격 분석을 통해 1995년에서 1998년까지 집시들에 대한 모든 기사뿐만 아니라 기사에 딸린 제목, 부제, 사진까지 자세히 검토해놓았다. 나는 처음 서문 몇 줄에 류바가 관심을 가졌으면 했다. "본 연구는 주요 정보매체들에 대한 연구를 통해, 이탈리아에서 역사적으로 '가장 민주적인' 지방 가운데 하나인 토스카나가 주로 비유럽 출신[56] 사람들의 이주현상 증가에 대해 보이는 '태도'를 분석하고자 한다. 연구는 세 부분으로 전개될 것이다. 가장 방대한 첫 부분은 피렌체에, 그리고 주로 '집시 문제'에 집중될 것이며, 1995년 7월부터 1996년 6월까지를 구체적으로 분석할

55　*L'Unità*. '통일'이라는 뜻으로 1924년 창간된 이탈리아 공산당의 공식 기관지.
56　extracomunitario. 문자 그대로 '유럽연합에 속하지 않는 사람들'을 뜻하나, 일반적으로 불법체류자나 불법이주자를 지칭함.

것이다. 둘째 부분은, 집시 문제에 수반되는 사회학적 현상들에 대한 문제 제기로 이뤄질 것이다. 셋째는, 피렌체의 역할이 여전히 주된 것으로 남아 있긴 하지만, 토스카나의 다른 지역들, 주로 해안 지역과 중남부 지역에 대해서도 간략히 관심을 기울이면서 전체 구도를 완성해보고자 할 것이며, 주로 1997년 3월 후반에 알바니아 난민들이 토스카나에 도착하면서 '촉발된' 태도들과 관계들을 연구하게 될 것이다."

이 논문은 피렌체를 주요 연구 기점으로 삼아 토스카나 전체를 다룬다. 그렇지만 그 출발점에서, 몇 년 전 보스니아 전쟁 때문에 집시 이주가 많았을 때 피사에서 있었던 우아한 일화가 빠질 수는 없을 것이다. 이는 우리가 어렸을 때 크리스마스트리 아래서 발견하곤 하던 다정한 선물 꾸러미를 연상시킨다. 장소는 피사에 있는 어느 도로 신호등으로, 그곳에서 한 어린 집시 소녀가 자동차 앞유리 닦는 일을 하는 오빠와 함께 동전을 받으려고 손을 내밀고 있었다. 빨간불에 멈춰선 어느 자동차에서 너그러운 손 하나가 소녀에게 예쁜 인형을 건네주었다. 파란불이 되자 자동차는 쏜살같이 출발했다. 마치 운전자가 자신의 너그러운 행위에 부끄러움을 느낀 듯 말이다. 얼마나 멋진 일인가! 인형을 가져본 적 없었던 집시 소녀는 그것을 사랑스럽게 가슴에 껴안았다. 유감스럽게도 그 안에는 압력에 작동하는 폭발장치가 들어 있었고, 그 장치는 당연히 자기 임무를 충실히 이행했다. 소녀는 살아남았지만 추하게 일그러지고 말았다.

류바는 아직 깨닫지 못했을지 모르나 집시들은 정말 나쁜 모양이다. 야코포 바사니가 체계적으로 수집하고 검토한 토스카나 언론이 그것을 이렇게 증명해놓고 있다. 새 유랑민 수용소라니? 민중폭동 유발할 수 있어. 1995년 9월 23일자 『라 나치오네』는 주장한다. 코무네가 제안한 해결책에 구역들 반발. 노볼리에서 항의 시위. 유랑민 폭발 직전. 막연히 경종을 울리는 듯한 제목은 나름대로 이유가 있다. 우파 세력이 유랑민들을 도시에서 내쫓기 위해 서명을 모으고 있었기 때문이다. 제목은 계속된다. '국민연합'과 '포르차이탈리아,'[57] 주민 투표에 준비되어 있다고 주장.(『라 나치오네』, 1995년 9월 24일) 구역들, 유랑민 비상사태로 폭발 직전.(『루니타–피렌체』, 1995년 9월 26일) 무엇보다도 기사들은 유랑민들에 대한 환대 정신으로 문명적으로, 말하자면 우호적으로 씌어 있다. 하지만 야코포 바사니가 지적했듯 '폭발 직전'이나 '비상사태' 같은 단어들은 독자에게 '부당한' 이미지의 경종을 울린다. 테러리즘 관련 법률, 집시 어린이들의 도둑질 때문.(『루니타–피렌체』, 1995년 10월 4일) 이는 테러리즘 반대 법률로 군소 범죄들과 '싸우고' 싶은, 아마 지나치게 열성적인 검사의 제안일 것이다. 바사니의 분석에서 추정할 수 있듯, 제목은 공포감을 주는데다 기사에는 어떤 비판정신도 없다. 어쩌면 그런 식의 제안이 저널리스트에게는 지극히 자연스러워 보였는지도 모르겠다. 게릴라가 '총을 쏜' 후(바로 이렇게 말하고 있다) 장갑차로 무장한 도시.(『라 레푸블리카』, 1995년 10월 2일) 기사에 딸린 사진은 경찰차 두 대와 휴대전화 두

57 전자는 1995년 잔프란코 피니가 창당한 우파 보수정당. 후자는 '힘내라!' 또는 '전진!'이라는 축구장 구호 'Forza'를 넣어 1993년 창당된, 실비오 베를루스코니를 주축으로 한 우파 보수정당.

개에 초점을 맞춤으로써 피렌체 전체가 포위 상태임을 독자들에게 암시한다. 사진이란 것이 조그마한 사각형 안에 담아내는 현실이라지만, 이 신문에서 '선택된 단장斷章'은 피렌체 사람들로 하여금 자신들의 도시가 경찰의 바리케이드에 둘러싸인 도시임을 상기시키도록 했음이 분명하다. '게릴라'는 매우 적극적인 단어로, 라틴아메리카나 1968년 5월에 있었던 경찰과의 격렬한 충돌을 상기시킨다. 유감스럽게도 그날 피렌체를 가로질러본 사람은 그런 상황을 발견하지도 못했을 것이다. 사건이 일어난 정확한 거리를 문제의 신문이 가르쳐주지 않았다면 말이다.

그리고 이제 지역 사건을 다루는 공격적인 저널리스트의 악습이 되어버린, 소위 '주인공들의 말'에 대해서는 언급할 필요도 없다. 그것은 바사니가 지적하듯 "해석적 무능력 때문이든 아부 때문이든, 저널리즘의 정치성을 은폐하고 있는데, 통상적으로 그런 주인공들은 대립적인 상황의 양극단을 이루기 때문이다." 예를 들면, 정치가나 지방장관 인터뷰 옆에 개별 집시의 개인적 이야기가 따라붙는 식이다. 사회학자 조반니 베켈로니와 밀리 부오난노가 자신들의 주요 저술에서 짚고 넘어갔듯, "독점적으로 또는 주로 단편적으로 현실을 제시하는 것에 토대를 두는 사건 기사는, 아주 복잡한 맥락에 대한 이해가 전제되지 않을 경우 주인공들의 역할을 입증해내려는 서사적 과정을 통해 뉴스 선택에도 영향을 주게 되는데, 위에서 말한 기준들과 더 잘 맞아떨어질 사건을 선호하게 될 것이니 말이다."

26
스탕달증후군

"유감이에요." 류바가 말한다. "그래도 이 도시가 이렇게 아름답다니!"

사실이다. 우리는 산타크로체 광장[58]에 있다. 끔찍한 생쥐 색깔에 군대 보초막 형태로 된 플라스틱 간이화장실 장벽, 즉 코무네가 관광객들의 신성한 육체적 욕구를 충족시켜주려고 이 광장에 세운 벽을 넘어가는 데 성공한 우리는, 굉음과 악취로 이 도시를 오염시키는 오토바이들 무리를 피해 다녀야 했다. 망가진 오토바이든 화려한 스쿠터든, 어쨌든 그 지옥 같은 것들로 수많은 피렌체 젊은이가 도시를 질주하고 있다. 그중 상당수는 오른손으로는 운전대를 잡고 왼손으로는 휴대전화를 귀에 갖다댄 채 피렌체 한 곳에서 다른 곳으로 전화를 걸어댄다. 우리는 코무네에서 설치한 커다란 통에서 넘쳐나는, 쓰레기로 가득한 비닐봉투들을 신중하게 피해 다니기도 했다. 피렌체 도시청소회사가 합리적인 위생을 보장하지 못하는 터라 그 쓰레기들이 보도를 가로막고 있었던 것이다. 그렇다고 보건사회안전부 평의회가 위생이 불량하다는 이유로 도시의 이 고상한 구역을 손볼 생각은 하지도 않을 테지만 말이다.

류바는 심술궂은 표정으로 나를 바라보며 말한다. "피렌체 시민들에게 제안할 주민 투표를 위한 호소문을 준비했어요. 내 호주머니에 있지만, 당신이 약속했던, 피렌체에서 집

---

58 13~14세기에 건축된 산타크로체 교회 앞 광장. 교회 안에는 미켈란젤로, 갈릴레이, 마키아벨리 등 피렌체에서 태어난 유명인들의 무덤이 있다.

시들을 쫓아내려고 제안한 주민 투표에 대해 들려준 다음에 읽어줄게요."

그러는 동안 우리는 이 커다란 광장을 '항해'하며, 지나친 아름다움으로 스탕달에게 불편함을 유발했던 조토의 그림이 있는 교회와 치마부에의 십자가상이 있는 수도원으로 향한다. 그런 불편함을 스탕달은 자기 일기에 자세히 기록했으니, 그의 『이탈리아 여행』[59]에서 읽어볼 수 있다. 만약 프로이트가 정의하듯, 통상적으로 우리와는 다른 범주로 우리를 혼란시키는 것 앞에서 맞닥뜨릴 수 있는 불편함과 같은 '섬뜩한Unheimlich' 느낌이 대개 무언가 끔찍하거나 불쾌한 것을 봄으로써 나타나는 것이라면, 아마 이와 똑같이 '섬뜩한' 느낌은 우리에게 익숙하지 않은 과도한 아름다움에서도 유발될 수 있을 것이다.

어느 정도 지어낸 것 같을 수도 있으나, 피렌체 정신과의 그라치엘라 마게리니 교수는 적어도 그렇게 주장한다. 그녀는 피렌체 산타마리아누오바 병원에서 자신이 담당하는 정신과에 치료를 의뢰한 일부 관광객에게서 나타난 혼란과 당혹감을 '스탕달증후군'으로 정의했다. 그런 환자들은 대개 피렌체에 잠시 머물고 지나가다가 아름다움의 난폭함에 노출된 관광객들이다. 그들에게 나타나는 공통 특징은 분명한 정서적 취약성, 즉각적 감동 반응, 자기통제가 어려운 정신활동 등으로, 간단히 말해 아름다운 것 앞에서 느끼는 과도한 미학적 감동에는 취약한 면역체계를 갖고 있다고 정의해볼 수 있다.

59 원제는 『로마, 나폴리, 피렌체』(1817).

"이봐요, 류바. 우리의 면역체계는 정말로 취약해요. 스탕 달증후군에 노출되어 있는 거지요." 내가 말한다. "이중적 증 후군이에요, 친구." 류바가 정정한다. "'미녀와 야수' 같은 이 도시의 대립적인 두 극단, 즉 르네상스와 비열함이지요."

27
류바는 호소문을 제안한다

우리는 보르고핀티 거리 식당에서 피난처를 발견했다. 이 도 시에서는 음료수 한 잔 마시며 반시간 동안 탁자에 머무를 수 있는 간단한 카페 하나 찾기도 쉽지 않다. 탁자라고는 찾아볼 수 없는 바에서 관광객들은 카운터에 선 채 성급하게 코카콜 라를 마신다. 살아남은 소수의 문명화된 카페에서는 대략 이 만 리라(십팔 달러)짜리 카푸치노 한 잔을 주문하고 십 분만 지나면, 웨이터가 불안하게 당신들 주위를 돌아다니기 시작 하면서 텍사스나 일본에서 온 관광객 두 명이 당신들 자리를 차지하기 위해 기다리고 있음을 알아채도록 한다.

"잘 들어봐요." 류바가 말한다. "이게 내가 말한 호소문인 데, 당신이 피렌체 시내에서 퍼트릴 수 있을 거예요. 당신이 녹음된 걸 아직 들려주지 않았지만 그냥 읽어줄게요. 귀를 활 짝 열어요."

아직 문명 의식을 느끼는 피렌체 시민들에게 보내는 호소문 피렌체 시민들이여, 여러분의 역사적 중심지는 매일 공격 적이고 천박하고 화려하고 시끄럽고 오만한 사람들이 운 전하면서 클랙슨을 울려대고 만약 재빨리 한쪽으로 피하지 않으면 여러분을 치어버리는, 공격적이고 천박하고 화려하고 시끄럽고 오만한 자동차들에 점령당해 있습니다. 원칙적으로는 이 보행자 구역에 들어올 수 없겠지만, 통제하는 경찰이 없습니다. 그들은 여러분 거리의 해적들입니다.

피렌체 시민들이여, 여러분의 역사적 중심지는 매일 공격적이고 천박하고 화려한 젊은이들과 청소년들이 운전하는 공격적이고 천박하고 화려한 스쿠터들에 점령당해 있는데, 그들은 오른손으로는 갑남을녀에게 멍청한 메시지를 날리고 왼손으로는 특히 여러분을 깔아뭉개려고 하다시피 하면서 운전합니다.

피렌체 시민들이여, 여러분의 역사적 중심지는 매일 불쌍한 관광객 무리에게 점령당해 있는데, 그들은 조용하고 슬프고 소심하고 개인적으로는 잘 교육받았지만 끔찍한 투어 전문 여행업자에 의해 천오백 킬로미터쯤 떨어진 파리나 런던에서 야간 비행으로 날아와 에어컨과 스테레오 이어폰이 장착된 끔찍한 이층 버스에서 내리도록 고문당함으로써 야만적으로 변해버린 관광객들입니다. 뉴질랜드, 일본, 아칸소 등 지구의 가장 먼 곳에서 오는 그 관광객들에게, 옆모습을 한 성인의 코 모양이 조토의 시점과는 근본적으로 다른 페루지노의 프레스코 벽화[60]는 조금도 중요하

60 르네상스 화가 피에트로 페루지노(Pietro Perugino, 1448?~1523)가 피렌체에 남긴 프레스코 벽화는 두 작품으로, 하나는 체나콜로디풀리뇨 박물관의 〈최후의 만찬〉이고 다른 하나는 산타마리아막달레나데이파치 수도원의 〈십자가상〉인데, 이 작품에 베르나르두스 성인과 세례자 요한, 베네딕투스 성인의 모습이 그리스도의 십자가상 양 옆에 그려져 있다.

지 않고, 단지 피자 한 조각, 화장실, 코카콜라만 관심 대상이었다가, 콜라 캔은 친절하게도 보도에 버려질 것입니다.

피렌체 시민들이여, 여러분의 가게에 돈 몇 푼 가져다주고, 언론에 따르면 '도시 경제를 풍요롭게 해주는' 그 모든 사람을 멀리 보내버리기 위한 이 주민 투표 호소문에 서명하십시오. 피렌체 시민 여러분, 용기 있는 행동으로 그들 자리에 변두리 집시들을 불러들이십시오. 그들은 교활하고 사악한 도둑들입니다. 그들은 기회만 있으면 여러분의 지갑을 훔칠 것이고, 운이 좋으면 이 오래된 거리 교차로에서 적선을 요구하며 귀찮게 하는 정도에 그칠 것입니다. 여러분에게 부를 가져오기는커녕 오히려 할 수만 있다면 여러분의 부를 빼앗을 것입니다. 하지만 그들과 함께 덜 예민하고 덜 긴장하고, 더 즐겁고 여유 있게 잘 살 수 있을 것입니다. 일흔 살이나 잘 해봤자 여든 살 이상은 살기 힘든 모든 인간이 공존해야 하는 것처럼 말입니다.

피렌체 시민들이여, 교환상품이 되고 싶지 않다면, 여러분의 인간적 정체성 생존을 위한 이 호소문에 서명하십시오.

28
시 당국이 열쇠를 건네주다

집시들에게 집과 일터를 주겠습니다. 새 포데라초(말하자면 '환대 수용소') 대신 진정한 주거지를 세우겠습니다. 1995년[61] 9월 21일자 『라 레푸블리카-피렌체』의 제목이다. 시장의 엄숙한 약속으로, 그의 말은 따옴표 안에 들어 있다. 무슨 일인가? 혹

61 앞뒤 맥락이나 다른 상황을 고려하면 1995년이 아닌 1998년으로 짐작된다.

시 피렌체가 낮은 가격으로 서민주택 정책을 실현하기 위해, 자신의 '문화' 만들기 방식을 근본적으로 바꿀 만큼 급박하게, 지금까지 패션디자이너들과 엘튼 존의 안경에 쏟아부었던 수십억 리라의 일부분을 투자하기로 결정했다는 말일까? 사실 너그러운 도시 피렌체가 집시들에게 선물하기로 결정한 그것은, 과를로네 구역[62]의 아파트 여섯 채(이는 엄청나게 많은 구성원으로 이루어진 여섯 가족에게는 몇 평방미터 밖에 안 되는 것)에 불과하다.

오늘은 9월 24일, 마침내 도시의 위대한 선물이 모습을 나타내는 날이다. 오늘 시 당국은 이 경이로운 열쇠 선물을 공식적으로 양도할 것이다. 류바가 놓쳐서는 안 될 기회 같다.

그런데 피렌체를 방문하는 관광객이 과를로네 구역에 가보려고나 할까 궁금하다. 피렌체를 알고 있는 나마저도 쉬운 일이 아니다. 하나는 확실하다. 열성적인 관광객이 그곳에 가본다 한들 분명 스탕달증후군을 겪을 위험은 없을 거라는 점이다. 열쇠 양도식에서 당국의 실상을 알아보기도 쉽지 않다. 우리 앞에 군중 장벽이 있기 때문인데, 그만큼 인도주의적이거나 최소한 '인간적' 상황에 찬사를 보내고 열광하는 군중일 것이라고만 짐작해본다. 그리고 이런 군중이라면 분명 찬성을 표하며 외칠 것이고, 그들이 들고 있는 팻말들과 현수막들에는, 당국이 있는 단상을 향하고 있어 우리가 읽을 순 없어도, 분명 "훌륭하다! 피렌체는 당신들이 자랑스럽다!" "우리는 우리의 문명이 자랑스럽다!" 등이 쓰여 있을 것이라고 생각해본다.

62 피렌체 동쪽 외곽에 있다.

군중 사이로 뚫고 들어가는 데 성공하긴 했지만, 이들을 가로지르던 우리는 팻말들에서 예상치 못한 글귀들을 발견한다. "집시들은 피렌체에서 떠나라!" "피렌체는 피렌체 사람들에게!" 게다가 전혀 동조하는 함성이 아니라, 분노에 차 있고 난폭하고 공격적인 함성이다. 그리고 저쪽 연단 위 맨 앞줄에는 당국이 없다. 단지 보건사회안전부 평의원 제데스 다필리카이아 박사 혼자서 소심하게, 부끄럽게, 거의 보이지도 않게 든 그 열쇠를 몰래 재빨리 새로운 소유자가 될 깜짝 놀란 두 집시 노인 손에 건네줘버리기 위해 전전긍긍하고 있을 뿐이다.

29
우리가 어제 본 것을 읽는다

어제 우리는 빨리 내일이 되기를 원했다. 그리고 다행히 오늘이 되었다. 나는 류바에게 이 숙명적인 아침의 지역신문을 건넨다. 집시들에게 집을. 고요한 양도식. 시장과 추기경이 불참한 가운데 동맹과 불꽃의 함성, 그리고 현수막들.(『라 레푸블리카-피렌체』, 1998년 9월 25일) 나는 류바에게 설명한다. '동맹'은 분리주의 정신으로 파다니아 평원에 공화국을 세우려는 정당 북부동맹[63]이고, '불꽃'은 '이탈리아 사회운동' 말하자면 옛 파시스트당인데, 오늘날 '국민연합'이라는 이름으로, 류바에게는 가스 광고처럼 보이는 삼색 불꽃을 상징으로 삼고 있다.

---

63 Lega Nord. 이탈리아의 극우파 정당으로 1979년 움베르토 보시에 의해 창당된 '롬바르디아동맹'이 1991년부터 '북부동맹'으로 바뀌었다. 상대적으로 부유한 이탈리아 북부와 가난하고 낙후된 남부의 분리를 주장하여 1996년 9월 북부의 독립을 위한 '파다니아공화국'을 선언하기도 했다.

"비밀스럽게 진행된 슬픈 양도식. 집시들을 위한 첫 주택 양도식은 경찰기동대의 감시하에, 그리고 삼색 '불꽃' 열광자들의 함성 속에서, 신속히 열쇠가 전달되다……"

기자는 그렇게 썼다. 그러면서도 그 모든 적대적 군중 앞에서 깜짝 놀란 집시에게 접근하여 선물을 받아 기쁘냐고 묻는 것을 잊지 않았다. "오늘은 경찰이 있지만, 내일이면 우리뿐이지요." 집시 노인은 함축적으로 대답했다. 그것이 커뮤니케이션 사회학자들이 정의하는 '주인공들의 말'이다.

30
류바가 떠나겠다고 예고한다

"미안하지만 역까지 바래다주겠어요?" 류바가 묻는다. "모레 떠난다고 하지 않았어요?" 내가 말한다. "마음을 바꿨어요." 류바가 답한다. "그래도 얘기가 아직 다 안 끝났는데요." 내가 우긴다. "당신 르포르타주가 여전히 미완성이잖아요. 북부동맹, 국민연합, 포르차이탈리아 정당들이 피렌체에서 집시들을 쫓아내려고 사람들을 조직해 서명을 모을 때 노바 라디오 지역방송이 녹음해놓은 걸 아직 못 들려줬어요."

류바는 신문을 접더니 가방에 넣었다. "나를 역까지 바래다주는 동안 당신 자동차 카세트로 들려줄 수 있잖아요." 류바가 완벽한 이탈리아어로 대답한다. 이탈리아어를 배운 것이다.

31

르네상스의 목소리

집시들의 피렌체 거주 반대 서명을 받기 위한 '북부동맹' 토스카나 지부의 가두 테이블에서 들리는 목소리들.

피렌체, 쿠레 광장 구역, 1997년 6월.

마르코 코르도네, '북부동맹' 토스카나 지부 서기(메가폰을 잡고 연설중이다.)

"피렌체 시민 여러분, 모두 달려오십시오. ……이 구역에, 제2구역에 유랑민 수용소를 건립하려는 것에 대해 반대 서명을 받고 있습니다. 피렌체의 야만적인 집시화에 반대하는 서명입니다. ……아무나 서명할 수 있습니다. 열여섯살만 넘으면 됩니다. ……시 당국자들은 거의 피렌체 전 구역에 유랑민 수용소를 건립하려는 야만적인 이 정책을 중단해야 합니다. 유랑민 수용소가 건립되어서는 안 됩니다."

인터뷰 진행자(야위고 잘 차려입은 중년 여성에게 질문한다.)

"왜 서명 했습니까?"

잘 차려입은 중년 여성

"이 도시 온 사방이 거대한 카오스예요. 정치인들은 단지 정치만 생각하고, 상식적인 일은 도통 안 이뤄져요. …… 수용소를 안 만드는 게 상식입니다. 벌써 충분히 만들었다고요."

인터뷰 진행자(조금 뚱뚱한 다른 중년 여성에게 질문한다.)

"당신은 왜 서명했습니까?"

몸집이 큰 중년 여성

"나는 유랑민들을 원하지 않아요. 그 사람들이 우리 집 안까지 쳐들어왔다고요. 이제는 마음대로 외출도 못 해요. ……난 싫어요. 자기들 집으로 가라고 하세요. 피렌체는 절대 유랑민들의 도시가 아닙니다. ……누가 여기 들어오게 했어요? 그놈들은 도둑이에요. 그만합시다. 도둑들이라니까요."

마르코 코르도네, '북부동맹' 토스카나 지부 서기(인터뷰 진행자에게 대답한다.)

"이건 인종차별 문제가 아닙니다. 우리는 무엇보다도 우리 영토에서 살아가고 일하는 사람들의 권리를 보호하려고 여기 있는 겁니다. 유랑민들은 일도 안 하고, 아이들을 착취하고 있어요. 그애들이 착취당하는 걸 보면 가슴이 아파요. 한 살, 두 살, 세 살짜리들이라고요. 어떤 애도 학교에 안 보내요. ……그들 모두가 돈 한 푼 안 내고 도움받기를 원하잖아요."

피렌체 아가씨

"그 사람들 정말 지긋지긋해요. 범죄만 저지르잖아요."

스쿠리아티 씨, '포르차이탈리아'

"포데라초와 올마텔로의 많은 가족이 아이들을 시내로 보내 도둑질을 시켜요. 이건 소매치기꾼 집시들로 인한 퇴락에 반대하는 시위입니다. 시민들이나 상인들, 관광객들을 위해…… 만약 진정으로 유대가 이뤄져야 한다면, 실제로 필요한 사람들을 위해 이뤄져야 합니다. 집시들을 위해서가 아니고요. ……무엇보다도 권리는 우리에게 있어요. 우리는 피렌체 출신이고, 피렌체에 살고 있고, 피렌체에 세금을 내고 있으니까요."

피렌체의 성인 남성
"나는 집시들이 훔치기 때문에 서명합니다."

32
여기에서 떠나라

"호텔에 당신 짐이 남아 있어요." 나는 역 매표창구로 류바를 따라가면서 이를 상기시킨다. "상관없어요." 그녀가 무덤덤하게 답한다. "옷들은 없어도 돼요. 내 이름으로 종교단체에 기부하세요. 녹색 서류철 안에 넣어둔 신문 스크랩과 자료들만 우편으로 보내주세요. 계산은 오늘 아침에 했어요."

산타마리아노벨라 역 위로 저녁이 내려앉고 있다. 확성기에서는 여전히 도착하거나 출발하는 열차, 연착하는 열차를 알려주는 완벽한 영어 안내가 나온다. 류바는 의기양양하게 표를 흔들면서 줄에서 벗어난다. "서둘러요. 기차가 10번 홈에서 떠나고 있어요." "하지만 파리행 기차가 아니에요." 나는 그녀를 뒤쫓아 달려가면서 외친다. "파리행 기차는 몇 시

간 뒤에 떠나요!" "상관없어요. 이 기차는 외국으로 가요. 어
딘지 모르지만, 어쨌든 여기에서 떠나는 거라고요."

33
떠나는 류바

류바는 창밖으로 얼굴을 내밀었고, 기차는 벌써 움직이고 있
다. 나는 영화에서처럼 거의 뛰어가며 열차를 나란히 쫓고 있
다. 지금 바로 류바가 떠나고 있다. 하지만 그녀에게 줄 부적
도 없고, 할 말도 없다. 그녀가 손가락 끝으로 키스를 보내면
서 내게 손짓하자 이민자들의 노래가 머릿속에 떠올랐는데,
바로 1950년대 영화에서 밀짚모자를 쓰고 지팡이를 든 한 배
우가 불러 유명해진 노래 〈피렌체에 커다란 키스를 전해주
오〉[64]였다. 황량한 플랫폼에서 뒷걸음질하는 동안, 나는 내가
좋아하는 어느 작가가 자기 책 제목으로 뽑은 그 멋진 구절
을 마음속으로 되뇌었다. '내가 여기서 뭐 하고 있는 거지?'[65]

피렌체, 1998년 6~10월

---

64 1955년 개봉된 동명의 영화에도 출연했던 피렌체 출신의 배우이자 가수 오도아
르도 스파다로가 1937년 발표해 유명해진 곡.
65 영국 작가 브루스 채트윈의 글 모음집 『What Am I Doing Here?』(1988)를 가
리킨다.

후기: 한 통의 편지

베키아노,[66] 1998년 11월 18일

사랑하는 류바,

이 11월 비 내리는 날, 당신이 가르치는 미국 대학 한 캠퍼스 연구실 책상에 앉아 있을 당신 모습을 상상해봅니다. 쌀쌀하고도 맑은 날씨에, 당신이 오랜 친구처럼 말했던 창가의 캐나다 담쟁이덩굴 잎사귀들은 빨갛고 노랗게 물들었겠지요. 우리가 즐겨 인용하던 시인의 시구처럼, "잎사귀들이 띤 현재의 노란색, 잎사귀들을 달라 보이게 하는 노란색"이겠지요.

당신이 떠난 지 거의 두 달이 지났습니다. 당신이 이 도시에서 체험한 것, 그러니까 당신의 경험, 읽은 책들, 신문들, 알게 된 사람들, 당신이 호텔에 남겨두었고 내가 보내준 노트 메모들은 지금 유명한 학자들의 참고문헌 주석과 함께 인류학 연구를 위한 학술 논문으로 바뀌고 있을 거라 확신합니다.

당신과 함께한 집시와 르네상스 사이의 '여행'으로 일종의 르포르타주를 착상한 나는 얼마 전에 이를 완성했고, 곧 『레트르 앵테르나시오날』 독일어판에 발표할 예정입니다.

---

66 피사 북쪽의 작은 소읍으로, 타부키는 이곳 외갓집에서 성장했다.

류바, 세상은 넓고 매우 다양합니다. 그리고 작가가 묘사할 수 있는 '현실'의 모습들은 헤아릴 수 없죠. 나는 지나치게 멀리 가지 않고도 내 옆에 있는 현실을 살펴볼 수 있다고 생각했어요. 왜냐하면 종종 우리가 제대로 보지 않고 바라보는 그 현실이 지진이나 전쟁, 폭력, 대량 학살 등 텔레비전에서 보여주는 지구의 일부 거시적 불행들을 아마 축소된 규모로 재생산해내기 때문일 겁니다. 매일 아침 엘리베이터에서 우리에게 인사하는 의심할 바 없는 신사가 바로 우리 옆에서 어떤 입주민도 모르게 어린 소녀를 고문할 수도 있고, 가면무도회가 열리는 우리 도시의 저택 앞 보도에서 어느 떠돌이가 얼어 죽을 수도 있고, 시내에서 아주 약간 벗어난 곳에서 한 무리의 집시들이 짐승처럼 살아가도록 강요받고 있을 수도 있지요.

여기에서는 여름이 끝났어요. 그리고 그들, '위대한 자' 로렌초의 '후손들'도 당분간 무도회를 끝냈어요. 에메랄드로 장식된 신데렐라의 구두, 패션디자이너들과의 축제, 귀족 저택에서의 칵테일파티, 코무네 홀에서의 리셉션은 끝났습니다. 모든 게 끝났지요. 비가 내리고 있군요. "비가 내린다, 야생의/우리 얼굴 위로,/비가 내린다, 우리의 벌거벗은/손 위로,/……/어제는/당신을 속였고, 오늘은 나를 속이는/아름다운 동화 위로,/오, 에르미오네."[67] 어떤 면에서는 바로 그를 위해 만들어진 것 같은 이 나라에서 아직도 많은 사랑을 받는 그 역겨운 단눈치오가 이처럼 읊조렸듯이 말입니다. 우리가 완전히 속은 것은 아니지만, 의심할 바 없이 우리의 손은, 아

67 단눈치오의 시 「소나무 숲속의 비」에 나오는 구절.

니 기부자들의 호주머니는 털려나가고 있어요.『일 마니페스토』는 오늘자 피렌체 판에서 이렇게 쓰고 있습니다.

> 피렌체 비엔날레. 밀레니엄 끝의 적자와 논쟁.
> 자칭 '밀레니엄 끝의 무도회'에 숨막힐 정도의 국제적 귀빈을 초대한답시고 십억 리라 이상을 쓴 행사는 당연히 결과가 안 좋다. 한 번으로 족한 도덕적 문제다. 그 돈은 공적자금이었고, 또 지금도 그러하다.

그러니까 에메랄드로 장식된 신데렐라 구두 무도회는 피렌체 시민들이 지불한 것이었어요. 나름대로 논리야 있겠지요. 알다시피 르네상스는 값비싼 것이니까요. 그런 식의 공적자금 지출에 동의하지 않는 시민들은 언제나 시뇨리아 광장에서 시위할 수 있고요. 9월 그날 코무네가 고상한 방 몇 개를 집시들에게 선물했다고 과를로네 구역에서 항의하는 시민들을 봤듯이 말입니다.

하지만 피렌체 영주들이 죽어간다고 생각해서는 안 돼요. 그들은 계속해서 춤출 겁니다. 비록 똑같은 사람은 아닐지라도(그럴 수도 있지만) 다른 사람들이, 그들과 절대적으로 다르면서 또한 그들과 절대적으로 동일한 다른 사람들이 다음 시즌에 무도회를 열 테니까요. 왜냐하면 그들에게 춤이란 칸트의 범주적 명령일 뿐만 아니라 그들의 존재론적 조건이며, 춤추는 것 외에 그들이 달리 할 수 있는 건 하나도 없기 때문입니다. 그 때문에 그들은 존재합니다.

울적함이 담긴 이런 신문 기사를 당신에게 보냅니다.

"비엔날레 실패는 당신들의 책임." 몬다도리[68]는 축제의 실패를 피렌체 탓으로 돌린다. 몬다도리: "방문자 거의 없고, 도시 자체가 전시회에 걸맞은 매력 갖지 못해." 프리미체리오 시장: "성급하고 이기적인 판단."

레오나르도 몬다도리가 반격에 나선다. 패션&영화 비엔날레의 실패에 대해 말하는 사람에게 조직위원장이었던 그는 이렇게 대답한다. "피렌체에서 열리는 전시회는 대개 이목을 못 끌어내요. 박물관 마케팅이 부족하죠. 게다가 오랫동안 고정적이고 지속 가능한 장소, 대중을 끌어들일 특급 상표를 얻어낼 만한 장소가 있는 것도 아니고요."(『라 레푸블리카-피렌체』, 1998년 11월 17일)

사랑하는 류바, 도대체 이 사람들은 무슨 소리를 하고 있는 걸까요? 돈이 아니라 '문화 만들기'를 위해 밀라노에서 내려왔다는 패션 비엔날레 조직위원장의 난폭한 공격은 분명히 시장의 반박을 받을 만하고, 따라서 우리의 야코포 바사니가 '주인공들의 말'이라 부르는 원칙에 따라 『라 레푸블리카』는 공평하게 시장의 말을 싣고 있군요.

반박. 프리미체리오 시장, 불쾌감 표시. 시장의 분노: "이기적인 퇴장."
시장은 모욕당했다. 비엔날레 조직위원장 레오나르도 몬

68 몬다도리 출판사를 창립한 아르놀도 몬다도리(1889~1971)의 조카로, 1991년부터 출판사를 이끌었던 레오나르도 몬다도리(1946~2002)를 가리킨다. 그는 피렌체 비엔날레 조직위원장이었다.

다도리의 훈수를 그는 거부하고 나섰다. 특히 시와 관련한 대목이다. 몬다도리에 따르면 피렌체는 전시회를 선전할 줄도 모르고, 적절하고 지속적이며 인정받을 만한 장소를 마련할 줄도 모르며, 최근 몇 년 동안 소박한 방문자 숫자만 이끌어냈을 뿐이라는 것이다. 프리미체리오 시장은 즉각 분노를 표했다. 그는 관대함이나 이기심에 근거한 평가에 머무르기를 거부하고, 끝까지 명백하게 밝힐 것을 원한다. 경솔한 자들에게 경고를 가하며, 도시의 엄격한 가치에 대해 설명한다. "피렌체는 거기서 일하는 사람은 물론 특정한 목적으로 이 도시를 활용하려고 하는 자에게도 까다로운 도시다." 시장의 대답은 단호하다⋯⋯(『라 레푸블리카-피렌체』, 1998년 11월 17일)

우리는 콜로세움에서 최종 결전을 보고 있습니다. 더 나은 검투사를 기대하는 군중은 지고 있는 검투사들에게 아래로 엄지 신호를 하지요.

그동안 소위 '피렌체 에르메티스모'[69]의 대표자이며, 『가르찬티 소문학백과사전』에 따르면 "시간-영원과 개인-우주의 고통스러운 대립"을 주요 테마로 다루는 이 도시의 탁월한 시인[70]은, 같은 신문의 같은 페이지에서 피렌체가 얼마나 형이상학적일 수 있는지 자세히 설명하는군요.

---

69 Ermetismo. 프랑스 상징주의 영향하에 나온 1930~1940년대 이탈리아의 대표적인 시파.
70 피렌체 출신 시인이자 말년에 종신 상원의원이었던 마리오 루치(Mario Luzi, 1914~2005)를 가리킨다.

루치, 입을 열다: "피렌체의 정서"

두 위대한 인물이 본 파리와 피렌체. '프랑스 문화원'과 '비외쇠 문화원'[71]이 '글로 쓴 도시'라는 주제로 조직한 문학적 만남의 명예로운 첫 손님은 마리오 루치와 자크 레다[72]이다. 어제 오후 빽빽이 모인 군중은 두 시인의 강연을 들으며, 형이상학적 도시 요소들과 돌, 모퉁이, 물, 빛으로 나타나는 영혼의 질료들 사이로 도시 순례를 따라갔다. 여행자는 그 핵심을 모두 포착할 수는 없었지만 황홀한 상태로 도시의 세부들을 가로지르고 역사와 예술의 기호들 속에서 방랑하면서 노정을 완수했다. 이런 유형의 정신적이고 내면적인 모험은—루치가 말했듯—환상적이고도 반복적인 것이다. 동시에 이 모험은 이따금 우리를 깜짝 놀라게 하는 일종의 경종이자, 종종 아름다운 효과들과 함께 끔찍한 효과들도 창출하는 우리 심리와 정신 체계의 무절제를 발견하게 해준다. 때로는 그것이 엄청난 혼란의 신호일 수도 있다. 피렌체는 그렇다. 피렌체는 그런 심리 상태를 자극할 수도 있는 도시다.(『라 레푸블리카-피렌체』, 1998년 11월 17일)

류바, 이 다가올 밀레니엄에서 우리는 무엇을 기대해야 할까요? 실제로 외국에는 별로 알려져 있지 않은 반면 이탈리아

---

71 공식 명칭은 Gabinetto scientifico-letterario G. P. Vieusseux. 스위스 제네바 출신의 상인으로 1819년 피렌체에 정착한 G. P. 비외쇠(1779~1863)가 문화 진흥을 위해 세웠다.
72 Jacques Réda(1929~). 프랑스 시인이자 재즈 비평가.

학교에서는 필수적인 소설 『약혼자들』[73]에 영감을 준 '신의 섭리'일까요? 그 모토가 "나는 원하지만 할 수 없어요"를 닮은, 유엔의 방패 아래 설립된 국제사법재판소의 '글로벌 정의'일까요? 아마 세계에서 가장 큰 천안문 광장의 맥도널드(좌석이 천 개라고 하네요)가 최고의 상징이 될 '자유시장'일까요? 문학백과사전이나 탁월한 시인이 말하듯, 개인과 우주의 고통스러운 대립, 아니면 '우리의 심리 상태를 자극할' 피렌체의 능력일까요? 다소 진보적인 '코무네 평의회'일까요? 자유롭고 절망적인 사람들에게 남아 있는, '절망적인 즐거움'[74]이라 정의되는 것일까요? '훌륭한 의지의 사람들'일까요? 진지한 미국 대학에서 출판되는 당신의 '인류학 연구'일까요? '사회적인 것'에 몰두하고 '대화'에 관심을 기울이는 그 진취적인 독일 잡지에 발표된 나의 이 아마추어 르포르타주일까요? 여기에서 당신에게 (또한 나에게) 이 멍청한 질문을 하고 있는 나 자신일까요?

여기 베키아노에 비가 내리고 있네요.

"침묵하라. 숲의 문턱에서/나는 그대가 말하는/인간의 말을/듣지 않고,/머나먼/빗방울들과 나뭇잎들이 말하는/더 새로운 말을 듣는다./들어라. 비가 내린다,/흩어진 구름들에서……/껍질이 갈라지고 뻣뻣한/소나무들 위로 내린다./신성한/은매화나무 위로,/환대받는 꽃들의/눈부신 금작화 위

---

73 알레산드로 만초니의 역사 소설 『약혼자들』은 여주인공이 하느님의 섭리 덕택에 모든 역경을 극복하고 행복한 결말에 도달한다는 내용이다.
74 1994년 출판된 사진작가 잔니 베렌고 가르딘의 『절망적인 즐거움―피렌체에서 집시로 살아가기』를 인용한 것이다.

로,/향기로운 열매들의/빽빽한 노간주나무 위로……” 고등학교 시절 외우도록 강요당한, 그 끔찍한 단눈치오가 자신의 허풍선이 범신론으로 써내려갔던 이 시처럼 말입니다.

애정 어린 인사와 함께, 당신의 안토니오

참고문헌

C. Annichiarico 편, 『토스카나에서 소수의 이탈*Devianza minorile in Toscana*』, Firenze, 1992.

P. Antonetti, 『'위대한 자' 로렌초 시대 피렌체의 일상생활*La vita quotidiana a Firenze ai tempi di Lorenzo il Magnifico*』, Milano: Bur, 1994.

I. Basagni, 『종이 이주자*L'immigrato di carta*』, 저널리즘 언어이론과 기법 분야의 라우레아 학위 논문, 시에나 대학교 인문학부(지도교수: Maurizio Boldrini, 공동 지도교수: Antonio Tabucchi), 1998.

G. Bechelloni, M. Buonanno, 『변화하는 일간신문. 이탈리아 저널리즘 분야의 변화들*Quotidiani in mutazione, trasformazioni del campo giornalistico italiano*』, Fondazione Adriano Olivetti, Perugia, 1992, pp. 30~78.

G. Berengo Gardin, 『절망적인 즐거움. 피렌체에서 집시로 살아가기 *La disperata allegria. Vivere da zingari a Firenze*』, Firenze: Centro Di, 1994(B. M. La Penna의 서문이 있는 사진 앨범).

M. Buonanno, 「이탈리아 일간신문들의 네 가지 문화Le quattro culture dei quotidiani italiani」, *Problemi dell'Informazione*, n. 1, 1995, pp. 39~61.

L. Cantini, 『토스카나 법령집*Legislazione Toscana*』, Firenze: Stamperia Albizziniana, 1800~1807, 31권.

A. G. Carmichael, 『르네상스 시대 피렌체의 역병과 빈민들*Plague and Poor in the Renaissance's Florence*』, Cambridge, 1986.

S. Costarelli, 『이주 어린이. 피렌체 집시 어린이의 사회심리적 초상

화*Il bambino migrante. Ritratto psico-sociale del minore zingaro a Firenze*』, Firenze: Giunti, 1994.

A. van Dijk Teun, 『인종차별적 담론. 일상적 담론에서 편견의 재생*Il discorso razzista. La riproduzione del pregiudizio nei discorsi quotidiani*』, presentazione di L. Balbo, S. Manuelli, Milano: Rubbettino, 1994.

C. Hibbert, 『메디치가의 흥망성쇠*Ascesa e caduta dei Medici*』, Milano: Mondadori, 1988.

IRES Toscana, 『토스카나 이주. 원천에서 분석 도구까지*L'immigrazione in Toscana. Dalle fonti agli strumenti di analisi*』(사회경제연구소 IRES에서 편찬한, 1995년 10월 20일 피렌체 주 의회 강당에서 열린 학술회의 발표문들).

M. A. Johnstone, 『15세기 피렌체의 생활*The Life in Florence in the Fifteenth Century*』, Firenze, 1968.

G. Magherini, 『스탕달증후군*La sindrome di Stendhal*』, Milano: Feltrinelli, 1992.

L. Manconi, 「인종차별주의의 정치적 사업가들Gli imprenditori politici del razzismo」, *MicroMega*, n. 3, 1990.

L. Mauri, L. Micheli, 『게임의 규칙, 시민권, 외국인 이주*Le regole del gioco, diritti di cittadinanza ed immigrazione straniera*』, Milano: Franco Angeli, 1992.

F. Niccolai, 『피렌체의 자선사업들*Opere di carità a Firenze*』, Firenze, 1985.

G. Palombarini, 「상상의 침입L'invasione immaginaria」, *MicroMega*, n. 5, 1995.

M. Primicerio, 「환대, 합법성, 양립성Accoglienza, legalità e compatibilità」, *La Repubblica-Firenze*, 1997. 8. 2.

N. Rubinstein, 『메디치 지배하의 피렌체 정부*Il governo di Firenze sotto i Medici*』, Firenze: La Nuova Italia, 1971.

A. Tabucchi, 「피렌체를 운영하는 확실한 방법Un certo modo di gestire Firenze」, *La Repubblica-Firenze*, 1997. 8. 1.

A. Tabucchi, 「환대, 철학자들도 생각을 바꾼다Accoglienza, anche i filosofi cambiano idea」, *La Repubblica-Firenze*, 1997. 8. 4.

R. Trexler, 『르네상스 시대 피렌체의 가문과 권력*Famiglia e potere a Firenze nel Rinascimento*』, Roma, 1990.

공저

『우리에게 집을 주세요. 집시 어린이들과의 만남*Gili daci Dom. Incontro con i bambini Rom*』, Firenze, 1994.

『공간의 색깔: 토스카나에서의 이주와 사회적 주거지*Il colore dello spazio; habitat sociale ed immigrazione in Toscana*』, Fondazione Michelucci 편, Firenze, 1996.

『해와 달의 집. 집시, 멀리서 온 사람들*La casa del sole e della luna. I Rom, un popolo che viene da lontano*』, Firenze, 1994.

『다른 권리. 소외, 이탈, 감옥*L'altro diritto. Emarginazione, devianza, carcere*』, E. Santoro & D. Zolo 편, Firenze: La Nuova Italia Scientifica, 1997.

『비공존의 부당함*La sconvenienza della sconvivenza*』(1997년 10월 17~18일 피렌체에서 열린 집시들과 만남의 발표문), Firenze, 1998.

『토스카나의 여성 이주: 연구~행위의 첫 결과들*L'immigrazione femminile in Toscana: primi risultati di una ricerca-azione*』(남녀 기회 균등을 위한 의회위원회 및 토스카나주평의회 공동 편찬), Firenze, 1996.

『1997년 토스카나 소수자들의 상황에 대한 첫 보고서*Primo rapporto sulla condizione dei minori in Toscana 1997*』, 토스카나주평의회 편, 연대정책건강관리부, Firenze, 1998.

『이주 여성들의 이야기, 계획, 제안*Racconti, progetti, proposte di donne immigrate*』, 토스카나주평의회 편, 남녀 기회 균등을 위한 의회위원회, Firenze, 1996.

『피렌체의 새로운 얼굴들: 불법체류자들의 상황에 대한 조사*Volti*

nuovi a Firenze; indagine sulla condizione degli extracomunitari』, C. Ferri & M. Mazzei & C. Rossi 편, Firenze, 1991.

『토스카나의 집시들. 집시들의 역사와 문화*Zingari in Toscana. Storia e cultura del popolo rom*』, Quaderni della Fondazione Michelucci 1992~1993, T. Mori & N. Solimano 편, Firenze: EDK, 1993.

『경멸의 도시정책. 집시 수용소와 이탈리아 사회*L'Urbanistica del disprezzo. Campi Rom e società italiana*』, P. Brunello 편, Roma: Manifestolibri, 1996.

사회 주변부에 관심을 기울이는 지역 정기간행물

『또다른 도시*L'Altracittà*』, Le Piagge 변두리 월간지, 피렌체.

『소수민족보호협회*ADME*』, '소수민족보호협회' 정기 간행물, 피렌체.

라디오 기사들

D. Guarino, '노바라디오Novaradio' 방송용 기사, 1995년 6월 9일/7월 12일/7월 26일/9월 26일/10월 2일, 1996년 9월 27일, 1997년 10월 3일 방송, 피렌체 미나라 가 6번지 노바라디오 문서보관소.

I. Vicini, 집시들의 피렌체 거주 반대를 위한 서명 수집에 대한 특별 방송, 1997년 6월 5일 방송, 노바라디오 문서보관소.
[위에 인용된 두 저널리스트와 다른 두 명의 동료는 이후에 이탈리아문화창조협회ARCI 소유 노바라디오에 의해 해고당했고, 노조의 복직 요구는 수용되지 않았다.]

D. Guarino, '콘트로라디오Controradio' 방송용 기사, 1998년 5월 13일 방송(「경찰, 불법체류자 단속 시작」), 1998년 5월 22일 방송(「포데라초 수용소 화재 발발」), 1998년 5월 23일 방송(「어린 소녀 나탈리 니콜리히 부상」), 1998년 5월 25~29일 방송(「나탈리 사건 관련 새 소식 생방송」), 1998년 6월 10일 방송(「집시 수용소의 코소

보 및 구유고슬라비아 난민 상황」), 1998년 7월 7일 방송(「새로 정착한 과를로네 집시 특집」), 1998년 10월 8일 방송(「포데라초에 화장실 신설 관련한 집시들의 항의」), 1998년 10월 20일 방송(「마시니 유랑민 수용소의 코소보 난민 존재에 대한 특별 생방송」), 1998년 10월 23일 방송(「인종차별반대협회, 집시와 이주자들에 대한 환대 정책 개선을 위한 코무네 당국 개입 요구」), 피렌체 로소 피오렌티노 가 4번지 콘트로라디오 문서보관소.

상담한 협회들과 재단들

AssociazioneIl Muretto, via Lombardia 1/p, Le Piagge, Firenze.

Associazione per la Difesa delle Minoranze Etniche, via Reginaldo Giuliani 382, Firenze.

Fondazione Ernesto Balducci, via dei Roccettini 11, Fiesole.

Fondazione Michelucci, via Fra Giovanni Angelico 15, Fiesole.

안토니오 타부키 연보

1943~1968년 이탈리아 피사에서 태어남. 9월 24일생.
피사 근처의 작은 소읍 베키아노의 외갓집에서
어린 시절을 보냈고, 외삼촌의 서재에서 많은 외국
문학작품을 읽음. 베키아노에서 의무교육을 마침.
피사 대학 인문학부 입학. 대학에 다니는 동안
자신이 읽은 작가들의 흔적을 찾아보기 위해 여러
차례 유럽을 여행함. 그동안 파리 소르본 대학의
강의를 청강하면서 알게 된 포르투갈 시인 페르난두
페소아의 시집 『담배 가게 *Tabacaria*』 프랑스어판을
어느 헌책 노점에서 입수하여 읽었고, 거기에서 자기
삶의 중요한 모티프를 발견함. 이후 이탈리아로
돌아와 페소아를 더 연구하기 위해 포르투갈어
과정을 이수함.

1969년 논문 「포르투갈의 초현실주의」로 피사 대학 졸업.

1972년 피사의 고등사범학교에서 박사 과정을 마침.

1973년 볼로냐 대학에서 포르투갈어와 문학을 가르침.

1975년 토스카나 출신 무정부주의자 가족의 이야기를 다룬
소설 『이탈리아 광장 *Piazza d'Italia*』 출간.

1978년 제노바 대학에서 포르투갈어와 문학을 가르침.

『작은 배Il piccolo naviglio』를 출간했지만 커다란
성공을 거두지 못함.

1981년 단편집 『뒤집기 게임Il gioco del rovescio e altri racconti』 출간.

1983년 『핌 항구의 여인Donna di porto Pim』 출간.

1984년 첫 성공작 『인도 야상곡Notturno indiano』 출간.
인도에서 사라진 친구를 찾아나서는 남자의
이야기를 통해 타부키 자신의 정체성을 찾으려고
한 소설로 평가됨. 1989년 프랑스 감독 알랭
코르노에 의해 영화화됨.

1985년 단편집 『사소한 작은 오해들Piccoli equivoci senza impor-
tanza』 출간. 1987년까지 3년간 리스본 주재 이탈리아
문화원장을 지냄.

1986년 『수평선 자락Il filo dell'orizzonte』 출간. 1993년
포르투갈 감독 페르난두 로페즈에 의해 영화화됨.

1987년 단편집 『베아토 안젤리코와 날개 달린 자들
I volatili del Beato Angelico』, 페소아에 대한 글 모음집
『페소아의 2분음표Pessoana Minima』 출간. 『인도
야상곡』으로 프랑스 메디치 외국문학상 수상.

1988년 희곡 『빠져 있는 대화I dialoghi mancati』 집필.

1989년 포르투갈 대통령이 수여하는 '엔히크 왕자 공로
훈장'을 받았고, 같은 해 프랑스 정부로부터
'문화예술 공로훈장'을 받음.

1990년 페소아에 대한 저술 『사람들이 가득한 트렁크Un baule
pieno di gente』 출간.

1991년 단편집 『검은 천사L'angelo nero』 출간. 포르투갈어로

『레퀴엠*Requiem*』 출간. 1년 후 이탈리아어로 출간된
『레퀴엠』으로 이탈리아 PEN 클럽 상을 수상.

1992년 『꿈의 꿈*Sogni di sogni*』 출간.

1994년 『페르난두 페소아의 마지막 사흘*Gli ultimi tre giorni di Fernando Pessoa*』, 『페레이라가 주장하다*Sostiene Pereira*』 출간. 『페레이라가 주장하다』로 비아레조 상, 캄피엘로 상, 스칸노 상, 장 모네 유럽문학상을 수상. 1995년 이탈리아 감독 로베르토 파엔차에 의해 영화화됨.

1997년 공원에서 머리 없는 시체로 발견된 남자의 실화를 바탕으로 한 소설 『다마세누 몬테이루의 잃어버린 머리*La testa perduta di Damasceno Monteiro*』 출간. 소설 발표 이후 실제 사건의 범인이 자백하고 유죄 선고를 받음. 『마르코니, 내 기억이 맞다면*Marconi, se ben mi ricordo*』 출간. 『페레이라가 주장하다』로 아리스테이온 상 수상.

1998년 『향수, 자동차 그리고 무한*La nostalgie, l'automobile et l'infini*』, 『플라톤의 위염*La gastrite di Platone*』 출간. 독일 라이프니츠 아카데미에서 노사크 상 수상. 알랭 타네가 『레퀴엠』을 영화화함.

1999년 『집시와 르네상스*Gli Zingari e il Rinascimento*』, 『얼룩투성이 셔츠*Ena ponkamiso gemato likedes*』 출간.

2001년 열일곱 통의 수취인 불명 편지를 보내는 내용의 서간체 소설 『점점 더 늦어지고 있다*Si sta facendo sempre più tardi*』 출간.

안토니오 타부키 연보

2002년 『점점 더 늦어지고 있다』로 프랑스 라디오 방송국 '프랑스 컬처'에서 외국 문학에 수여하는 상을 받음.

2004년 레지스탕스 대원 트리스타노의 긴 독백으로 이루어진 소설 『트리스타노 죽다. 어느 삶 *Tristano muore. Una vita*』 출간. 유럽저널리스트협회에서 프란시스코 데 세레세도 저널리즘 상을 수여함.

2007년 리에주 대학에서 명예 박사학위를 수여함.

2010년 『여행 그리고 또다른 여행들 *Viaggi e altri viaggi*』 출간.

2011년 『그림이 있는 이야기 *Racconti con figure*』 출간. 생애 후반기에 타부키는 1년 중 6개월은 가족과 함께 리스본에서 생활하고, 나머지 6개월은 시에나 대학에서 포르투갈어와 문학을 강의하면서 고향 토스카나 지방에서 생활함.

2012년 3월 25일 68세의 나이로 리스본 적십자 병원에서 암 투병중 눈을 감음. 제2의 고향 포르투갈 리스본에서 장례식을 치른 후 고국 이탈리아에 묻힘.

안토니오 타부키 연보

옮긴이의 말

이 책 『집시와 르네상스』는 상당히 도발적인 책이다. 현대 세계가 직면하고 있는 문제들을 적나라하게 드러내고 지금 여기의 어두운 면을 보여주기 때문이다. 사실 우리 사회가 파묻거나 숨긴 부끄러운 현실을 들춰내는 타부키의 눈길은 자못 우리를 불편하게 만든다.

그것은 제목에서도 엿보인다. 낭만적 뉘앙스를 담고 있는 이름 '집시'와 근대를 꽃피운 '르네상스'의 병치는 호기심을 자극하면서도 교묘한 대비를 이룬다. '피렌체에서 집시로 살아가기'라는 부제가 말해주듯, 간단히 말해 이 책은 르네상스의 도시 피렌체에서 살아가는 현대판 집시들의 문제를 다룬다.

우리가 보통 쓰는 집시라는 말은 일반적으로 인도 북부 지방에서 유래한 유랑민을 가리키지만, 이 책에서 말하는 집시는 대개 코소보, 세르비아, 마케도니아 등 발칸반도 출신이다. 그들은 1990년대 소련 붕괴와 독일 통일에 이어 국제 질서가 재편되면서 나타나기 시작한 여러 갈등의 산물이다. 주로 민족과 종교가 다른 집단들 사이에서 빚어진 무력 충돌과 박해를 피해 고향을 떠난 사람들이다. 따라서 온갖 역경을 거쳐 이탈리아 땅에 도착한 그들은 어떤 의미에서 정치적 난민들이라고 할 수 있다.

그중 일부는 르네상스의 꽃을 피운 도시 피렌체로 갔고, 시 당국은 시내 인근 올마텔로에 수용소를 세우고 그들을 받아들였다. 하지만 그들의 삶은 여전히 인간적인 삶과는 거리가 멀다. 어쩌면 그들은 이 땅에서 배척당한 삶을 사는 가장 소외된 인류인지도 모른다. 타부키는 이 책을 통해 바로 그 실상을 폭로하고 논쟁을 끌어내고자 한다. 작가는 류바와 주고받는 대화, 편지, 신문기사, 라디오방송 녹음테이프, 현장 인터뷰 등 갖가지 프레임으로 여러 각도에서 독자에게 질문을 던진다. 피렌체를 '통속적인 도시'라고 비판하면서도 도시가 지닌 역사적 면모나 객관적 정황을 놓치지 않는다. 한 도시 공간에 공존하는 이중적인 얼굴을 대비시키는 것이다. 특히 신문 기사들을 적절히 활용함으로써 그 프레임마저 공개적인 속물근성과 연결되어 있음을 부각시킨다. 세계적으로 유명한 연예인들이 참석한 화려한 패션쇼와 파티, 전시회는 '꽃의 도시' 피렌체를 돋보이게 만들지만, 이는 다른 한편으로 수용소에 사는 집시들의 초라한 삶과 극단적인 부조화를 이루며 우리에게 이 도시의 양면성을 엿보게 한다.

이 책에서 피렌체를 통해 집약적으로 제시된 집시 문제는 오늘날 이민자 수용 문제의 축소판과 같다. 먼저 다양한 원인으로 빚어지는 온갖 형태의 전쟁과 그 전쟁으로 인한 난민들, 특히 고향을 등지고 다른 나라에서 살아야 하는 사람들의 비극은 지금도 여전하다. 거기에다 종교나 인종 또는 민족 사이의 갈등과 차별, 소수자들의 소외 문제가 덧붙여질 수 있다. 이런 문제들은 분명 우리 현실의 한쪽 구석에서 타부키와 함께 우리에게 따가운 눈총을 보내고 있다.

옮긴이의 말

우연의 일치이겠지만, 올마텔로 수용소는 타부키가 세상을 떠난 2012년에 문을 닫았다. 하지만 수용소가 없어졌다고 모든 문제가 해결된 것은 아니다. 본질적인 문제는 여전히 해결되지 않았으며 언제든지 새로운 모습으로 다시 나타날 수 있다. 굳이 전쟁이 아니더라도 다문화 시대 또는 글로벌화와 함께, 현대에는 어디서든 다양한 형태의 집시 또는 유랑민 집단이 형성될 수 있다. 그런 상황에 어떻게 대처할 것인지, 어떤 해결책이 바람직할 것인지 모색하면서, 공존의 길을 찾아나갈 필요가 있다. 현대판 집시 문제에 현명하게 대처하고 합리적인 해결책을 찾는 것은 바로 지금 여기, 우리 자신의 문제이기도 하니까 말이다.

타부키 자신이 서문에서 밝혔듯, 이 책은 1998년 12월 독일어로 먼저 발표되었고 1999년 4월에 이탈리아에서 단행본이 나왔다. 한국어판은 이탈리아어판(*Gli Zingari e il Rinascimento. Vivere da Rom a Firenze*, Feltrinelli, 1999)을 번역한 것이다. 타부키와 더불어 우리의 메마른 지성에 자양분을 제공하려고 노력하는 문학동네 가족들에게 감사를 드린다.

하양 금락골에서
2015년 4월
김운찬

옮긴이의 말

안토니오 타부키 선집 5

집시와 르네상스—피렌체에서 집시로 살아가기

초판 1쇄 인쇄 ¦ 2015년 4월 20일
초판 1쇄 발행 ¦ 2015년 4월 30일

지은이 ¦ 안토니오 타부키   기획 ¦ 고원효
옮긴이 ¦ 김운찬   책임편집 ¦ 송지선
펴낸이 ¦ 강병선   편집 ¦ 허정은 김영옥 고원효
디자인 ¦ 슬기와 민
저작권 ¦ 한문숙 박혜연 김지영
마케팅 ¦ 정민호 이연실 정현민
지문희 김주원
홍보 ¦ 김희숙 김상만 한수진 이천희
제작 ¦ 강신은 김동욱 임현식
제작처 ¦ 영신사

펴낸곳 ¦ (주)문학동네
출판등록 ¦ 1993년 10월 22일 제406-2003-000045호
주소 ¦ 413-120 경기도 파주시 회동길 210
전자우편 ¦ editor@munhak.com
대표전화 ¦ 031-955-8888
팩스 ¦ 031-955-8855
문의전화 ¦ 031-955-1933(마케팅) / 031-955-2686(편집)
문학동네카페 ¦ http://cafe.naver.com/mhdn
홈페이지 ¦ http://www.munhak.com

ISBN 978-89-546-3603-2 04880
ISBN 978-89-546-2096-3(세트)

이 도서의 국립중앙도서관 출판시도서목록(CIP)은
서지정보유통지원시스템 홈페이지(http://seoji.nl.go.kr)와
국가자료공동목록시스템(http://www.nl.go.kr/kolisnet)에서
이용하실 수 있습니다.
(CIP 제어번호: CIP2015011201)

안토니오 타부키는 1943년 9월 24일 이탈리아 피사에서 태어나, 포르투갈 시인 페르난두 페소아의 영향을 받아 포르투갈어와 문학을 공부했다. 베를루스코니 정부를 향해 거침없는 발언을 했던 유럽의 지성인이자 노벨상 후보로 거론되던 걸출한 작가이면서 페소아의 중요성을 전 세계에 알린 번역자이자 명망 있는 연구자 중 한 사람이다. 『이탈리아 광장』(1975)으로 문단에 데뷔해 『인도 야상곡』(1984)으로 메디치 상을 수상했다. 정체불명의 신원을 추적하는 소설 『수평선 자락』(1986)에서는 역사를 밝히는 탐정가의 면모를, 페소아에 관한 연구서 『사람들이 가득한 트렁크』(1990)와 포르투갈 리스본과 그의 죽음에 바치는 소설 『레퀴엠』(1991), 『페르난두 페소아의 마지막 사흘』(1994)에서는 페소아에 대한 열렬한 애독자이자 창작자의 면모를, 자기와 문학적 분신들에 대한 몽환적 여정을 쫓는 픽션 『인도 야상곡』과 『꿈의 꿈』(1992)에서는 초현실주의적 서정을 펼치는 명징한 문체미학자의 면모를, 평범한 한 인간의 혁명적 전환을 이야기하는 『페레이라가 주장하다』(1994)와 미제의 단두 살인사건 실화를 바탕으로 쓴 『다마세누 몬테이루의 잃어버린 머리』(1997)에서는 실존적 사회역사가의 면모를, 움베르토 에코의 지식이론에 맞불을 놓은 『플라톤의 위염』(1998)과 피렌체에 사는 발칸반도 집시를 통해 이민자 수용 문제를 전면적으로 건드린 『집시와 르네상스』(1999)에서는 저널리스트이자 실천적 지성인의 면모를 살필 수 있다. 20여 작품들이 40개국 언어로 번역되었고, 주요 작품들이 알랭 타네, 알랭 코르노 등의 감독에 의해 영화화되었으며, 수많은 상을 휩쓸며 세계적인 작가로 주목받았다. 국제작가협회 창설 멤버 중 한 사람으로 활동했으며, 시에나 대학에서 포르투갈어와 문학을 가르쳤다. 2012년 3월 25일 예순여덟의 나이로 두번째 고향 포르투갈 리스본에서 암 투병중 눈을 감아, 고국 이탈리아에 묻혔다.

옮긴이 김운찬은 한국외국어대학교 이탈리아어과와 동 대학원을 졸업하고, 이탈리아 볼로냐 대학교에서 움베르토 에코의 지도하에 화두話頭에 대한 기호학적 분석으로 박사학위를 받았다. 현재 대구가톨릭대학교 교수로 재직중이다. 지은 책으로 『현대 기호학과 문화 분석』 『신곡 저승에서 이승을 바라보다』가 있고, 옮긴 책으로 파베세의 『냉담의 시』 『피곤한 노동』 『레우코와의 대화』, 베르가의 『말라볼리아가의 사람들』, 아리오스토의 『광란의 오를란도』(전5권), 타부키의 『플라톤의 위염』, 프리모 레비의 『멍키스패너』, 단테의 『신곡』 『향연』, 에코의 『번역한다는 것』 『논문 잘 쓰는 방법』 『대중문화의 이데올로기』 『신문이 살아남는 방법』, 칼비노의 『마르코발도 혹은 도시의 사계절』 『교차된 운명의 성』, 모라비아의 『로마 여행』, 과레스키의 『신부님, 우리 신부님』 등 다수가 있다.